La vie est un rêve

Roman autobiographique

Données de catalogage avant publication (Canada)
Fisher, Marc, 1953-
   La vie est un rêve: roman autobiographique
   (Collection Romans d'inspiration)
   ISBN 2-89225-459-0
   1. Fisher, Marc, 1953-   – Romans, nouvelles, etc. I. Titre.
   PS8581.O24V52 2001   C843'.54   C00-942307-9
   PS9581.O24V52 2001
   PQ3919.2.P64 2001

© Tous droits réservés, Marc Fisher, 2001

© Les éditions Un monde différent ltée, 2001
Pour l'édition en langue française

Dépôts légaux: 1er trimestre 2001
Bibliothèque nationale du Québec
Bibliothèque nationale du Canada
Bibliothèque nationale de France

Conception graphique de la couverture:
OLIVIER LASSER

Photocomposition et mise en pages:
COMPOSITION MONIKA, QUÉBEC

ISBN 2-89225-459-0

Nous reconnaissons l'aide financière du gouvernement du Canada par l'entremise du Programme d'Aide au Développement de l'Industrie de l'Édition pour nos activités d'édition(PADIÉ) ainsi que le gouvernement du Québec grâce au ministère de la Culture et des Communications (SODEC)

Imprimé au Canada

Marc Fisher

La vie est un rêve

Roman autobiographique

Les éditions Un monde différent ltée
3925, Grande-Allée
Saint-Hubert (Québec)
Canada J4T 2V8
Tél.: (450) 656-2660
Site Internet: http:www.umd.ca
Courriel: info@umd.ca

Chapitre 1

J'étais loin de me douter lorsque, vers l'âge de seize ans, je fus admis à l'hôpital montréalais Sainte-Justine, à quel point ma maladie aurait un effet déterminant sur le choix de ma carrière et, ultimement, sur toute ma vie.

Quelques jours auparavant, je m'étais réveillé de grand matin affligé de symptômes qui, pour moi, n'étaient pas nouveaux. L'enflure de mes genoux, de mes chevilles, la lourdeur de mes pieds, cette sueur brûlante à mon front: tout concordait pour me signaler la réapparition des fièvres rhumatismales qui m'avaient déjà paralysé à deux occasions.

Cette fois-ci, la crise était si virulente que c'est en fauteuil roulant que je fis mon entrée triomphale à l'hôpital. J'étais escorté par une mère catastrophée de devoir confier son fils unique à des mains expertes, certes, mais étrangères et par un père qui, éternel optimiste, parlait de ma maladie comme d'une grippe bénigne. Mon hérédité puissante, legs de la famille dont il s'enorgueillissait, en viendrait à bout en un tournemain!

Mon moral pourtant n'était pas trop affecté, et même, d'une certaine manière, j'accueillais avec bienveillance cette maladie. C'est que, secrètement, et de manière inavouable, je l'avais pour ainsi dire appelée, et elle s'était montrée docile, comme peut-être toute maladie, tout accident, tout malheur. Du même coup, je découvrais, à mon corps défendant, et non sans un certain étonnement, la singulière omnipotence de mes pensées.

Cette crise de rhumatisme articulaire aigu – nom qui effrayait plus ma mère que l'appellation moins savante de fièvres rhumatismales, surtout à cause de l'épithète dramatique qui le couronnait –, venait en effet me libérer d'une angoissante obligation: celle des examens de fin d'année.

Double énigme pour moi: je n'avais jamais pensé qu'un virus pût, comme un vulgaire animal domestique, se plier à mes ordres intimes, surtout exprimés si inchoativement. Et je m'expliquais mal la frayeur que m'inspirait la perspective des examens. En effet, plus par orgueil – et pour me conformer à la volonté paternelle – que par goût réel pour l'étude, je m'étais toujours maintenu au premier rang de ma classe, ne m'en laissant que fort rarement déloger.

Et pourtant, en ce mois d'avril 1967, tout à coup, une faiblesse morale inexplicable s'était emparée de moi, une crainte devant des examens que j'avais toujours réussis haut la main, en ne ménageant pas les efforts, il faut le dire: j'étais plus studieux, plus acharné que réellement talentueux.

À la vérité, je travaillais avec un tel sérieux pour un adolescent de mon âge que ma mère, inquiète de voir mes excès cérébraux compromettre une santé déjà fragile, s'en était ouverte au directeur du collège qui l'avait rassurée: le travail n'avait jamais tué personne!

Ma mère demeurait sceptique. Le travail ne tuait peut-être pas, mais il pouvait en revanche rendre malade. N'était-ce pas précisément mon excessive propension à l'étude qui, pour la troisième fois en quelques années seulement, avait déchaîné sur moi ces mystérieuses fièvres qui me clouaient au lit? Si mon front était brûlant, n'était-ce pas que j'avais surchauffé la machine?

Sans doute confiante que sa sollicitude agirait à la manière d'une médecine préventive, ma mère, même si elle aimait se coucher tôt, se privait pour moi de sommeil, et renouvelait jusque tard dans la nuit les bols de chocolat chaud qu'elle venait poser sur le coin de ma minuscule table de travail où je peinais à la lumière un peu jaunâtre d'une lampe dont je refusais de me défaire par attachement fétichiste: elle avait éclairé mes succès antérieurs, elle paverait la voie de mes réussites futures!

Dès le début de mon hospitalisation, des traitements intensifs de cortisone eurent raison de ma fièvre et d'une bonne partie de mes enflures, ce qui apaisa les principales inquiétudes de ma mère, et confirma mon père dans ses certitudes triomphantes. Bon sang ne pouvait mentir!

Et pourtant, je ne tardai pas à apprendre que c'était ma mère, plus intuitive, qui avait eu raison de se faire de la bile. Car lorsque le docteur André Davignon, homme imposant à grosses et rondes lunettes noires, convoqua mes parents pour leur signifier mon congé, il assortit cette bonne nouvelle d'une révélation qui les consterna. Cette nouvelle, j'aurais pu la deviner sans doute si j'avais compris pour quelle raison on avait assigné à mon traitement non pas un simple pédiatre mais un cardiologue.

«Votre fils est guéri», déclara le docteur Davignon du haut de son mètre quatre-vingt-dix, «mais désormais il ne pourra plus avoir les mêmes activités physiques qu'avant.»

Ma mère, qui avait blêmi subitement, protestait, avisant mes chevilles que mes pantoufles laissaient visibles:

«Mais il n'a plus d'enflure.

– Je sais, madame», dit-il de sa voix un peu impatiente de médecin qui acceptait peut-être trop de patients ou ne croyait pas nécessaire de mettre avec eux des gants blancs.

Du reste il se targuait d'un humour bien particulier dont il avait d'entrée de jeu donné un échantillon en m'intimant l'ordre, lors de mon admission, «d'allonger mon cadavre» pour qu'il m'examinât.

Formule qui avait jeté ma mère dans tous ses états et avait un peu entamé le respect que mon père vouait aux professions libérales, dont il faisait lui-même partie, puisqu'il exerçait le métier d'avocat.

«Je sais, répéta le disciple d'Esculape, le traitement à la cortisone a été efficace. Mais malheureusement, la maladie a laissé des séquelles.»

Malgré une érudition naissante construite à grand renfort de lectures et de dictionnaires, je n'étais pas certain de saisir la signification du mot «séquelle».

Ma mère jeta un coup d'œil aux béquilles dont j'avais eu besoin pour me rendre à l'hôpital où on les avait aussitôt remplacées par une chaise roulante. Trouva-t-elle que le mot séquelle rimait avec béquille, ou tout au moins, en raison d'une certaine euphonie, pouvait appartenir à la même inquiétante famille?

Toujours est-il qu'elle s'empressa de s'informer, et sa question avait plus l'air d'une exclamation désespérée que d'une interrogation pressante:

«Il n'aura plus besoin de ses béquilles?

– Non, madame. C'est son cœur qui a subi des séquelles. Sa dernière crise a été trop forte et il restera toute sa vie affligé d'insuffisance mitrale.

Insuffisance mitrale! Expression presque cabalistique pour un non-initié, et qui s'était abattue comme une marmite d'huile sur les brûlantes angoisses maternelles. Ma mère suffoquait, persuadée que la bizarrerie de l'expression annonçait assurément la gravité de l'affection.

«Cher docteur, intervint mon père, si vous voulez excuser notre ignorance, pourriez-vous nous expliquer, à ma femme et moi... et à notre cher fils aussi, bien entendu, ce que signifie "insuffisance mitrale"?

– En langage populaire, c'est ce qu'on appelle un souffle.

– Tu vois, s'empressa de dire mon père à ma mère de sa belle voix rassurante et sonore qui jamais ne semblait teintée de pessimisme, même dans les moments les plus sombres de notre vie familiale, ce n'est rien. Un simple souffle, comme ton frère.

– Mon frère Richard ne souffre pas d'insuffisance mitrale.

– Mais il a un souffle, ce qui revient au même.

– Pas tout à fait», rectifia le médecin.

Ce qui arracha à ma mère, à qui un grand praticien donnait raison, un sourire de triomphe car mon père – peut-être par déformation professionnelle de tribun –, avait la fâcheuse habitude de la contredire à tout propos.

«Il y a à la vérité différentes sortes de souffles», poursuivit le docteur Davignon, qui avait esquissé un sourire purement professionnel. «Disons en termes simples que l'insuffisance mitrale est un problème valvulaire», dit-il d'une voix qui se voulait rassurante.

Son choix de mots ne fut pas plus heureux, en tout cas il ne sembla pas calmer ma mère.

«Valvulaire? questionna mon père.

– Oui, expliqua enfin l'éminent cardiologue. Entre l'oreillette et le ventricule gauches du cœur se trouve une valvule ou si vous voulez une cloison qui en principe se referme hermétiquement à chaque contraction du cœur. Dans le cas de votre fils, cette valvule ne se referme pas complètement si bien qu'elle laisse échapper un peu de sang.

– Il saignera pour le restant de ses jours? s'informa ma mère, alarmée.

– C'est une manière de parler, ma chérie, voulut la rassurer mon père.

– Précisément, confirma le médecin. Le sang ne sera pas visible puisque l'écoulement demeurera interne. Mais il reste que le cœur de votre fils se fatiguera plus rapidement et que si nous ne prenons pas toutes les précautions nécessaires, il risque des complications plus graves. Il faudra faire tout en notre pouvoir pour prévenir une autre crise de r.a.a.

– Une crise de r.a.a.? interrogea mon père. Je ne savais pas que mon fils...»

Il s'interrompit, se tourna vers moi, craignant que son inquiétude, d'autant qu'elle était inhabituelle, n'exaltât la mienne, mais à la fin sa curiosité l'emporta:

«Enfin, qu'il souffrait aussi de r.a.a....

– C'est l'abréviation de rhumatisme articulaire aigu», dit le docteur Davignon avec l'air de dire que l'intelligence ne brillait certes pas de manière démocratique à travers toutes les professions libérales, et que, même s'il trouvait idiots nombre de ses collègues, somme toute il avait eu raison d'embrasser la médecine qui ne comptait pas dans ses rangs autant de béotiens que les magistrats.

J'avais jusque-là assisté de manière placide à cet échange, mais puisque j'étais le principal intéressé, même si je n'appartenais pas encore tout à fait au monde des adultes, je trouvai opportun de demander:

«Concrètement, docteur, qu'est-ce que cela signifie?

– Concrètement, que pendant le mois de convalescence qui vous attend...»

Le docteur Davignon imposait le respect par sa prestance et la sévérité de ses sombres prunelles et pourtant ce fut plus fort que moi, j'osai l'interrompre:

«Une convalescence? Je ne peux pas reprendre tout de suite mes activités?

– Non, pendant un mois, repos complet. Vous devrez également prendre deux aspirines toutes les quatre heures.

– Douze aspirines par jour ?» questionna ma mère avec un affolement qui cependant ne l'avait pas empêché d'effectuer à la perfection ce petit calcul mental, ce qui arracha à mon père une imperceptible moue de mécontentement car, malgré ses prétentions d'homme d'affaires, il s'était pour ainsi dire fait damer le pion par ma mère, à qui l'angoisse avait donné des ailes cérébrales.

Il me sembla même que mon père effectua une rapide vérification mentale du calcul de maman et que sa justesse le désola : il ne pourrait pas, comme il aimait tant le faire, la reprendre, ce qui lui eût également permis de lui reprocher à nouveau de toujours s'en faire inutilement alors qu'elle protestait que son insouciance à notre endroit, mes sœurs et moi, n'était que de l'imprudence, voire de la témérité.

Elle en avait eu une preuve éclatante quelques années plus tôt, lorsque, à peine âgé de dix ans, j'avais fait un terrible accident de trottinette.

Dans une malencontreuse chute attribuable à un excès de vitesse – j'étrennais depuis la veille mon bolide ! – la chair de mon mollet droit s'était trouvée coincée dans l'engrenage métallique de la direction, laissant ma jambe sanguinolente.

Ce que voyant, mon père, d'un calme olympien, avait protesté devant ma mère affolée qu'il ne s'agissait que d'une simple égratignure alors qu'en fait l'entaille, profonde et longue, nécessita non seulement de nombreux points de suture conventionnels mais même des agrafes qui, lorsque le médecin les retira trois semaines plus tard, firent à nouveau jaillir un peu de sang. Ce qui arracha à ma mère de nouveaux soupirs.

Lorsque j'évoque cette sollicitude maternelle dont ma mémoire me restitue à mon propre étonnement tant d'exemples, cette sollicitude si constante, si parfaite, je ne puis m'empêcher de penser qu'au lieu de nous contenter de remettre des médailles et des croix à tant de gens d'affaires, d'artistes ou de savants méritoires, nous devrions peut-être instituer le grand ordre de la tendresse maternelle. Et de même qu'il y avait dans la Rome antique une statue au dieu inconnu, il devrait peut-être y avoir dans nos cités, bien en vue sur les places publiques, des statues érigées en l'honneur de ces véritables héroïnes inconnues: les mères.

«Oui, madame, douze aspirines», confirma le médecin d'un ton désobligeant.

Et il ajouta, en francisant la prononciation du nom pourtant bien connu de la marque américaine:

«Ba-yair, madame, des aspirines Ba-yair! En outre, il devra prendre des antibiotiques à compter d'aujourd'hui, et ce, jusqu'à sa vingt et unième année!

Chapitre 2

Cette annonce avait de quoi remettre en question la réalité de ma guérison. J'en sondai la gravité. Je venais à peine d'avoir seize ans, le 31 mars, jour même de la naissance de Descartes, un hasard qui, dès que j'en avais pris connaissance, avait stupidement instillé dans ma cervelle adolescente les illusions philosophiques les plus grandes. Pendant cinq ans donc, je serais sous médication.

Dans ma logique de jeune homme, je pouvais certes admettre qu'un congé officiel de l'hôpital pût signifier la guérison, mais j'avais peine à concevoir qu'une médication si prolongée ne signifiât pas que j'étais encore malade. Sinon, pourquoi toute cette pharmacopée?

C'est un peu dans un état second, sous le choc de cette révélation, que j'écoutai le reste de la conversation. Le docteur avait retiré pour ne pas dire arraché sa plume Mont-Blanc du revers de son sarrau également blanc, et griffonnait en hâte une ordonnance qu'il tendit vers mes parents.

Plus rapide que mon père, ma mère s'en empara et eut pour réflexe de vouloir la lire, la déchiffrer, aurais-je dû dire, car en médecin digne de ce nom, le docteur Davignon écrivait plus en hiéroglyphes qu'en français.

«Qu'est-ce que c'est? demanda ma mère dans un cri inquiet.

– Ce n'est pas pour les aspirines, madame, mais pour les antibiotiques. En passant, votre fils n'est pas allergique à la pénicilline ou à d'autres antibiotiques?

– Non, enfin pas que je sache, dit ma mère, qui ne put s'empêcher de trouver blâmable, pour ne pas dire inexcusable, une vérification aussi tardive.

– C'est bien, dit le docteur, parce qu'il en a pour cinq ans.»

Le médecin se tourna vers moi:

«Donc, dit le docteur Davignon, repos complet pendant un mois. Ensuite, aucun exercice violent et surtout aucun exercice violent prolongé.

– Est-ce à dire que... que je dois m'abstenir de jouer au hockey, de faire du judo?

– Oui, dit le docteur. Fini le hockey et le judo! Le tennis aussi et le football. Rien de violent. Vous ferez autre chose. Vous n'êtes quand même pas atteint d'un cancer terminal comme des dizaines d'enfants ici.»

Il m'accablait de son amabilité, m'aidait à relativiser le mal qui s'abattait sur moi.

«Je vous remercie, docteur. Je me sens déjà mieux», dis-je, tentant une pointe d'ironie qui me valut un haussement de sourcils réprobateur: me moquais-je de lui?

J'inclinai la tête, pas tellement intimidé par sa subtile réprimande qu'accablé par ce que je venais d'apprendre.

Pressé – car il était, vu sa notoriété naissante, extrêmement débordé –, le docteur Davignon serra rapidement la main de mes parents et s'excusa, rejoignant l'infirmière qui depuis quelques secondes était venue se poster à l'entrée de la porte et réclamait sa présence auprès d'un autre patient.

Ma mère s'était approchée de moi avec empressement et, malgré la tiédeur de la fin d'avril, jetait sur mes épaules mon manteau d'hiver bleu marine, à la mode à l'époque, qu'elle avait cru bon d'emporter avec elle.

J'étais si consterné par toutes les mises en garde médicales, que je n'osai même pas protester ni repousser ma mère, même si mon père portait un simple costume.

Ma mère avait peut-être raison. Et la joie que m'avait procurée mon congé était peut-être aussi fausse que les grosses perles dont mes jeunes sœurs ornaient orgueilleusement leur cou lorsqu'elles voulaient jouer aux grandes filles.

Dehors, je respirai une grande bouffée d'air qui me grisa, et dont le parfum me parut suave, en comparaison de l'atmosphère aseptisée qu'avaient dû souffrir mes narines depuis un mois.

N'eût été de la présence de mes parents, et du lourd manteau qui pesait sur mes épaules, j'aurais sans doute sauté de joie.

J'étais libre!

Libre!

Jamais de ma vie je n'avais autant apprécié cet état pourtant banal. Un état que j'avais ambitionné pendant des semaines, en observant, depuis la fenêtre de ma chambre d'hôpital, ces passants de la côte Sainte-Catherine qui ne connaissaient pas leur bonheur, qui ne connaissaient pas leur richesse, et se permettaient d'afficher des mines déprimées, puisqu'ils n'avaient jamais été, comme moi, privés de leur liberté, et pouvaient aller et venir à leur guise, alors que moi, j'étais dans les fers, j'étais véritablement comme un prisonnier, plus infortuné du reste que les prisonniers de la caverne platonicienne, car à leur différence, je connaissais la valeur de la vie véritable et surtout celle, irremplaçable, de la liberté.

Je m'étais même fait la promesse, un peu présomptueuse mais que je suis somme toute parvenu à tenir, qu'une fois sorti de l'hôpital, jamais je ne m'autoriserais à me plaindre de quoi que ce soit tant que je ne serais pas malade: je connaissais maintenant la valeur de ce trésor qu'est la santé et que, hélas! comme un grand amour, on n'apprécie souvent qu'après l'avoir perdu.

Je ne savais pas encore à l'époque que, si la santé est en général nécessaire au bonheur – encore qu'abondent les exemples de valétudinaires qui traversent la vie en souriant – elle ne lui est pas suffisante, et qu'elle n'a jamais empêché les êtres de faire des guerres, de commettre des crimes, de se suicider.

Oui, j'étais libre, je pouvais enfin marcher, mais non de ce pas allègre que mon état intérieur commandait. Car je constatai rapidement que ma démarche, peut-être à cause de mon immobilité prolongée, était plus malaisée que je ne l'aurais cru, et que je m'essoufflais rapidement, ce que je me fis fort de dissimuler à mes parents et surtout à ma mère, de crainte qu'elle ne me ramenât *ipso facto* à l'hôpital, devant le spectre d'une rechute spectaculaire.

Chapitre 3

À la maison, on me servit avec tant de prévenance le premier repas que mes inquiétudes s'avivèrent. On m'entourait des égards habituellement réservés à un grand malade, dont on ne sait même pas s'il survivra et avec qui on préfère ne pas prendre de risques.

Et même mes sœurs, qui en général ne s'occupaient de moi que pour me taquiner, se montraient très attentionnées, se pliaient à tous mes caprices, et n'osaient me contredire, comme si mes parents les avaient rapidement mises au courant de mon état.

Le soir, je retrouvai tout de même avec soulagement mon petit lit, au sous-sol du *split-level* familial. Lorsque je dus prendre pour la première fois les antibiotiques que mon père m'avait achetés sur le chemin du retour, je me rappelai que, si j'étais hors de l'hôpital, je n'étais pas tout à fait hors de danger.

Je n'étais pour ainsi dire qu'en sursis.

J'avais un souffle au cœur.

J'étais hypothéqué.

Jamais plus je ne pourrais jouer au hockey, faire du judo. Jamais plus surtout, comme je l'avais tant fait depuis mon enfance, je ne pourrais me livrer à cet exercice qui me grisait littéralement et dont j'avais vraiment fait débauche pendant mon enfance: courir!

Car le souvenir que je gardais de mon enfance, du début de mon adolescence, était celui d'une course perpétuelle, non pas la course aliénante des adultes étouffés d'obligations de tout ordre, mais bien plutôt la course volontaire, enivrante, infatigable de tout enfant heureux.

C'était surtout l'été que ma fougue s'exaltait. Dès que, de grand matin, je franchissais le seuil de la maison familiale, dans la modeste mais confortable banlieue de Duvernay, je ne pouvais pas arpenter d'un pas tranquille la rue Joubert qui me conduirait, à quelques rues de là, chez les Rozon, les Brunetière, les Poli: il fallait que je coure!

J'étais impatient de retrouver mes petits compagnons pour me livrer avec eux à nos jeux habituels, construire dans le verger avoisinant quelque fortification nouvelle, ou rendre imprenable celle que nous avions édifiée dès l'école terminée et qui nous permettrait de résister aux assauts des clans rivaux.

Je n'avais plus à affronter mes ennemis maintenant, puisque le temps de mon enfance était révolu, mais je ne pouvais plus courir: j'étais en quelque sorte devenu un paralytique, un paralytique qui pouvait encore marcher, certes, mais comme c'était courir que j'aimais, cela revenait au même... Et, comme un drogué, je devrais traîner avec moi mes pilules pendant les cinq prochaines années: rien de quoi pavoiser ou me réjouir de ma supposée guérison!

Je posai ma tête désolée sur l'oreiller retapé par les mains maternelles. J'avais sommeil. Mais juste avant de m'endormir, contaminé sans doute par l'optimisme de mon père, je laissai germer une idée dans ma tête perplexe.

Aux premières lueurs de l'aube, je chaussai en cachette mes bien-aimés *adidas* et quittai à pas de loup la maison familiale. Je retrouvai aussitôt ma chère rue Joubert, point de départ d'innombrables expéditions enfantines, et, faisant fi des interdictions médicales, je me mis à courir.

Mes premiers pas ne me causèrent aucune mauvaise surprise. Au contraire, ils instillèrent immédiatement en mes veines juvéniles une rassurante certitude: je pouvais courir comme avant! Je me félicitais secrètement de mon initiative et me répétais cette maxime dont mon père nous avait tant de fois rebattu les oreilles: «L'avenir appartient aux audacieux!»

Je pressai légèrement le pas, atteignis sans peine ma vitesse de croisière habituelle. En quelques enjambées, j'arrivais rue de Luçon, puis je tournai à droite sur Épernay, la rue même que des milliers de fois j'avais empruntée, enfant, pour me rendre à l'école Saint-Maurice.

Nulle mauvaise surprise! Décidément, et malgré tout le respect que je pouvais lui devoir, le docteur Davignon avait erré. Un nouveau virage à gauche sur d'Youville, et je pouvais foncer vers l'école de mon enfance, dans la cour de laquelle, à peine cinq minutes plus tard, je pénétrais triomphalement, cette cour même où j'avais tant de fois couru, joué au ballon chasseur.

Je n'avais même pas eu besoin d'atteindre, comme on dit en jargon sportif, mon deuxième souffle. Et en tout cas, je ne pensais plus à mon souffle. J'avais dû faire un mauvais rêve. Le docteur Davignon s'était trompé de patient. Après tout, ce ne serait pas la première fois qu'une erreur médicale se produirait!

Je jubilais.

Comme un millionnaire grisé par la vue de sa richesse soudainement étalée devant ses yeux, je regardais à gauche et à droite, ne sachant quelle direction emprunter pour poursuivre mon exaltante course qui prenait pour moi la forme d'une sorte de défilé glorieux, même si à cette heure matinale les trottoirs comme les rues étaient déserts. À ma droite, le soleil levant jetait dans le bleu ciel d'avril des rayons de plus en plus vifs, et ma vie recommençait, je le sentais.

Tiens, pourquoi ne pas remonter la rue de Lourdes?

Lourdes, coïncidence qui salue malicieusement au passage ma guérison miraculeuse!

Je cède à cette inspiration, gambade, sautille, le pied amusé par ces nouveaux clins d'œil du hasard, mon ami. Je tourne ensuite sur ma gauche pour emprunter le large boulevard de la Concorde, dont le nom magnifique est précisément à l'image de la vie nouvelle qui m'attend.

Tiens, dirigeons-nous allègrement vers la *Biscuiterie* qui accueillit dans mon jeune âge tant de mes élans gourmands puisque nous y allions, mes camarades et moi, non pas pour ces ordinaires biscuits que nous pouvions trouver à profusion dans la dépense familiale, mais bien pour les merveilleux bonbons dont la variété nous paraissait presque infinie.

Passant devant la *Biscuiterie*, je souris en me remémorant certaine expédition où j'avais fait l'exaltante acquisition de nouvelles cartes, des «cartes de monstres» à la vérité qui étaient mes préférées, bien plus que les cartes de hockey ou de base-ball que je trouvais plus banales, car la vénérable dame propriétaire de l'établissement en était aussi la magique dépositaire, comme elle l'était de tous les gadgets dont la mode se succédait: *crazy balls*, *silly putty*, yoyos, frondes, tire-pois qui enchantèrent notre enfance et empoisonnèrent la vie de nos parents.

Mais tout à coup, mon sourire se transforme en grimace. Ce n'est pas qu'un vilain souvenir me soit revenu, que je ne dispose pas de la somme pour faire l'achat de l'objet que je convoite depuis des lustres, ce qui arrivait souvent car ma mère ne me donnait que deux dollars par semaine d'allocation et la moisson de bouteilles vides que nous revendions n'était pas toutes les semaines abondante!

Non, c'est que je viens d'éprouver une terrible douleur à la poitrine!

Je m'immobilise, je cherche mon souffle pourtant si régulier depuis le début de ma randonnée. Que m'arrive-t-il?

Une horrible pensée traverse mon esprit: ne suis-je pas en train de faire une crise cardiaque? À mon âge, à peine seize ans, est-ce possible? Semblable crise ne terrasse-t-elle pas habituellement des hommes beaucoup plus âgés que moi, au moins quadragénaires?

Mais si le médecin m'a recommandé une telle prudence, n'est-ce pas justement qu'il craignait pour moi les plus fâcheux désordres cardiaques, comme justement cette douleur dont l'origine m'inquiète? Si au moins elle avait disparu aussi vite qu'elle s'était manifestée!

Mais non, elle persiste. Même, elle empire. Un étrange goût de sang me monte alors à la bouche. Le sang provient-il de cet écoulement pernicieux dont le médecin m'a expliqué la présence caractéristique dans le cas de l'insuffisance mitrale dont je souffrirai jusqu'à la fin de mes jours?

Comme si ces symptômes soudains n'étaient pas assez inquiétants vient bientôt s'y ajouter un curieux étourdissement qui me force d'abord, de crainte de faire une chute, à m'agenouiller, puis bientôt, parce que ma vue se brouille, et que la tête me tourne, à m'asseoir. Des bouffées de chaleur me gagnent.

Je porte ma main droite à mon front, qui est baigné de sueurs. Pourtant, la fraîcheur matinale n'appelle pas une telle sudation et je n'ai couru qu'une petite dizaine de minutes, ce qui n'est rien pour moi. Mais je me rends compte que mon optimisme est illusoire, et que je devrais plutôt dire: qui *n'était* rien pour moi, avant mon hospitalisation, avant ma maladie.

La pensée me traverse à nouveau l'esprit, accablante, terrible pour un adolescent au seuil de sa vie: ne suis-je pas l'improbable et pourtant bien réelle victime d'une crise cardiaque?

Après tout, ma jeunesse, que je croyais un bouclier invincible, ne me protège pas forcément contre pareil accident. Au collège, pas plus tard que l'année dernière, n'ai-je pas été bouleversé d'apprendre qu'un de mes camarades, qui porte ce bizarre nom sans doute polonais ou hongrois, Scultity, souffrait d'un cancer du sang, qui ne lui laisse probablement que quelques mois à vivre, et que d'ailleurs, en ce moment même, il est peut-être déjà mort et enterré, accablante nouvelle dont j'aurais été saisi si je ne m'étais pas absenté pendant un mois du collège, pour cause de maladie, comme on dit?

Dans cinq minutes, moi aussi je serai peut-être allongé, inerte, sur ce trottoir où je suis curieusement assis. Je serai mort. Mort! Le mot résonne dans ma tête, et sa puissante force suggestive me semble d'ailleurs accélérer mon rythme cardiaque déjà fou.

Au cours de mes balbutiantes réflexions philosophiques, j'avais souvent pensé à la mort et j'en étais arrivé à une sorte de raisonnement imparable qui, s'il n'était pas nécessairement original, possédait cependant la vertu de dissiper en moi toute crainte.

Fort simple, il consistait en ceci: si au moment de la mort, tout était terminé, si ma conscience s'éteignait à jamais, je ne serais plus là pour déplorer mon propre décès, pour souffrir de la perte de la vie, puisque j'aurais sombré dans l'inexistence, dans le néant absolu.

Et s'il y avait une vie après la mort, comme le prétendaient d'innombrables penseurs et mystiques, alors je ne mourrais pas vraiment, je perdrais mon corps certes mais, conservant mon âme, mon principe pensant, je pourrais encore dire, comme mon cher Descartes l'avait décrété – à la suite il est vrai de saint Augustin – : «Je pense donc je suis.» Et alors j'aurais l'exaltante confirmation que la mort n'était qu'une illusion, qu'une transformation.

En somme, dans un cas comme dans l'autre, je n'avais pas à m'inquiéter. Mais cette tranquille certitude avait un seul défaut: elle était abstraite, et, devant ce premier signe de la mort, s'effondrait, comme les résolutions aisément prises dans l'ivresse joyeuse du premier de l'An, sont abandonnées dès l'instant où il faut les mettre en application.

Dans mon angoisse, je pense spontanément à ma mère. Je songe à ce que ma mère pensera lorsque la police ou l'hôpital lui apprendra qu'on a trouvé son fils mort, allongé aux petites heures du matin sur le trottoir, juste en face de la *Biscuiterie* qui enchanta son enfance.

Je pense aux larmes qui mouilleront ses belles joues. Combien elles seront abondantes! Combien elles seront durables, puisque la moindre égratignure, le moindre toussotement suspect la jetait dans les pires angoisses! Maintenant elle aura raison de laisser une ride traverser son beau front lumineux: je serai mort!

Je pense à mon père, aussi, qui fondait en moi, son seul fils, de si grands espoirs, qui s'écrouleront comme un château de cartes, balayé par le vent inattendu de la vie, qui est aussi celui de la mort.

Je pense à mes camarades, à Maurice, qui était devenu le frère que je n'avais pas eu, et pour qui j'étais moi aussi le frère dont le destin l'avait privé, placé comme moi dans un royaume de femmes.

Je pense à Raymond, avec qui tant de fois j'étais allé à la pêche à la perchaude dans les eaux douteuses de la rivière des Prairies. Je pense aux aimables jumeaux identiques Pierre et Jean, Castor et Pollux de mon petit univers, qui longtemps portèrent les mêmes vêtements, le même visage, si bien que nous seuls, ou presque, rares initiés, pouvions les distinguer.

Dans une heure, dans quinze minutes, dans quelques secondes, ils seraient orphelins de moi, et moi, quadruple fois, d'eux: nous ne pourrions plus ensemble continuer le voyage si joyeusement entrepris.

Il faudrait que j'aille, pour reprendre nos jeux, nos courses, les attendre cinquante, soixante ans, peut-être plus, dans un incertain au-delà, et les vents célestes m'emporteraient peut-être vers d'autres contrées, vers d'autres bois enchantés, où jamais plus ils ne pourraient me retrouver.

Et peut-être, si je n'avais pas la patience de les attendre dans cette mystérieuse antichambre de la vie, peut-être, si tant est qu'existe la réincarnation, je renaîtrais dans un autre corps, dans un autre pays, et je ne pourrais plus les retrouver et peut-être toujours je conserverais dans mon âme la nostalgie de cette amitié à jamais perdue. Et ce drame, cette tragédie, je les devrais à ma faute, à ma stupidité, à ma témérité.

Je m'avise alors que toutes ces pensées sont d'ailleurs peut-être le signe que j'en suis à mes derniers instants, que je devrai bientôt tirer ma révérence.

Mais ne devrais-je pas appeler au secours au lieu de me laisser mourir stupidement?

J'entends au loin le vrombissement salvateur d'une voiture.

En allongeant le cou, j'aperçois effectivement un véhicule: c'est même la Corvette noire bien reconnaissable d'un de nos voisins plus âgé que nous, que nous avons toujours admiré, Pierre Douin, un play-boy notoire qui ramenait presque toutes les semaines chez lui une nouvelle conquête – du reste toujours blonde – infidèle aux filles, il restait fidèle à son genre de filles.

Pour être bien certain qu'il m'aperçoive, je lève un bras en sa direction. Il n'est plus qu'à une centaine de mètres, et il lève lui aussi un bras: il m'a reconnu, c'est sûr.

Je suis sauvé! Pourtant il n'a pas décéléré, et lorsque sa Corvette vrombissante passe devant moi, je me rends compte qu'il semble en conversation fort animée avec la blonde beauté assise à ses côtés qui protège ses yeux avec de grosses lunettes noires. Il ne me voit pas, et je reste là, respirant péniblement, cherchant mon souffle.

Je plaque à nouveau ma main gauche contre mon cœur affolé. Je me concentre: s'il pouvait se calmer! Comme s'il répondait à mon souhait, ou obéissait à ma volonté, non seulement son rythme diminue-t-il subitement, mais il s'arrête littéralement!

Une seconde!

Deux secondes même!

Comme s'il allait cesser de battre à tout jamais, comme si c'était le classique arrêt cardiaque!

Ma vue s'embrouille tout à fait, un goût écœurant de sang me monte à la bouche, je suis tout étourdi, le trottoir bouge devant moi, je pense m'effondrer.

Mais mon cœur tout à coup se remet à battre, de manière très irrégulière, certes, mais au moins il bat. Mon étourdissement se dissipe peu à peu. Mon front, mon cou, mon dos sont tout mouillés, mais je me replace. Je sens que je vais survivre en somme, que je ne mourrai pas comme un chien sur ce trottoir.

Je rentre en marchant lentement à la maison où je m'empresse de prendre mon pouls qui me semble très rapide: plus de cent pulsations minute! Le docteur Davignon doit avoir dit vrai: il y a quelque chose de déréglé dans la délicate mécanique de mon cœur.

Chapitre 4

Ma mère, matinale entre toutes, est la première personne que je vois, et elle m'accueille par un sourire inquiet, qui devient presque une grimace angoissée lorsqu'elle aperçoit mes espadrilles.

«Tu as mis tes *adidas*? Ne me dis pas que tu...»

Elle n'ose pas compléter sa phrase, comme si elle avait deviné l'incroyable et terrible vérité de mon imprudence, comme si, par une extrême délicatesse, elle ne voulait pas me forcer à mentir.

«Je suis allé faire une petite promenade matinale... Je suis resté enfermé si longtemps.»

Je répugne à lui mentir, certes, mais je préfère ce mensonge aux soucis que la vérité lui causerait assurément. Elle me toise, visiblement sceptique, puis, l'air tout de même rassuré, elle m'avoue, les yeux humides, comme si elle revoyait la scène singulière qu'elle va me narrer:

«J'ai été réveillée ce matin, en fait il n'y a qu'une demi-heure, par un cauchemar horrible. Je te voyais tomber dans un puits, et lorsque je me penchais au-dessus de la margelle pour te porter secours, je ne voyais plus que ton cœur qui flottait à la surface de l'eau...

L'évocation de ce mauvais rêve me trouble, et j'en éprouve même cette sorte de frisson que l'on connaît devant certains phénomènes mystérieux de l'existence. Comme Daniel dans la Bible, ma mère semble avoir été prévenue pendant son sommeil de ma crise.

Les occultistes prétendent que toute sa vie la mère est reliée à son enfant par un invisible fil magnétique comparable à la corde d'argent qui, dit-on, nous relie à notre corps spirituel et se rompt au moment de la mort.

Est-ce par ce fil, véritable téléphone – ou, soyons moderne: Internet – de la tendresse maternelle, que maman avait été nuitamment informée de ma crise? Ou par ce simple phénomène de synchronicité dont on note tant d'exemples troublants entre les êtres qui s'aiment, frères, parents ou amants?

Quoi qu'il en soit, je me contente, tout en dissimulant mon embarras, de dire:

«Ah, c'est un rêve étrange, je ne sais vraiment pas ce que ça peut vouloir dire.

– Enfin, c'est juste un mauvais rêve. L'important c'est que tu sois rentré de l'hôpital et que tu sois complètement guéri. Qu'est-ce que je peux te servir?» demanda-t-elle avec cette joie admirable qu'elle trouvait dans son dévouement pour nous et qui, par contraste, faisait paraître bien égoïstes mes petites préoccupations philosophiques.

Pourquoi n'étais-je pas comme elle inspiré par le mystérieux génie qui illuminait chacun de ses gestes pour nous, qui la rendait si noble, si profonde et si belle, et n'avait pour nom que l'amour dans sa plus parfaite expression?

J'allais lui répliquer que je n'avais pas tellement faim, ce qui était le cas. Mais à la vue de la table déjà mise, je compris que j'allais la décevoir amèrement.

Elle n'avait pas chômé en effet depuis son lever. Elle avait apprêté des crêpes parfumées à l'orange artistiquement décorées de petits quartiers de fruits, une omelette aux fines herbes, relevée de luisantes tranches de jambon canadien moins gras donc moins nocif que l'ordinaire, des toasts dorés ruisselants de beurre frais et impatients d'accueillir au moins cinq sortes de confitures, de fumants muffins aux extatiques graines de pavot qu'elle savait être mes préférés, sans oublier bien entendu, dans un gros pot, l'incontournable chocolat chaud qu'elle continuait à me servir en souvenir sans doute de mes nuits studieuses de collégien, et que, pour ne pas la décevoir, je continuais à boire, même si mes goûts avaient changé avec l'âge et que je préférais depuis longtemps le café.

Je me mis à table et mangeai avec le plus d'appétit possible, sous le regard attendri de ma mère qui, elle, les narines gavées peut-être par les odeurs de ce qu'elle préparait, ne mangeait jamais que du bout des dents – à moins que, avec un détachement qui ne m'eût pas étonné de sa part, elle craignît de nous priver de ce qu'elle aurait mangé!

Mes sœurs, encore excitées par mon retour, survinrent alors et le repas jusque-là assez silencieux et seulement ponctué des compliments culinaires dont je m'efforçais de gratifier ma mère, devint animé.

Le téléphone de la cuisine sonna. Ma sœur Marie-Hélène se leva avec empressement et décrocha:

«C'est Jacques Hébert! cria-t-elle à l'adresse de ma sœur Suzanne, l'aînée de la famille, en prenant soin de poser la main sur le récepteur.

– Je ne peux pas lui parler.

– Ça fait trois fois qu'il appelle.

– Tu devrais lui parler, suggéra ma sœur de huit ans, Élisabeth, ce n'est pas bien de faire "niaiser" nos amoureux.»

Et, trahissant peut-être le véritable mobile de ses protestations, elle ajouta:

«Ce serait dommage que vous vous chicaniez: chaque fois qu'il vient ici, il me donne vingt-cinq sous pour aller à la *Biscuiterie*.

— Dis-lui que je suis sur mon départ et que je ne peux pas lui parler, dit Suzanne sans tenir compte des arguments de la cadette.

— Viens le lui dire toi-même! clama Marie-Hélène, qui craignait toujours qu'on la fît marcher ou qu'on abusât de sa bonté, ce que du reste ma sœur aînée et moi n'avions pas manqué de faire lorsqu'elle était plus jeune. Je ne suis pas ta "serviteuse"!»

Mais ma sœur aînée s'enfermait dans son refus, d'autant plus inexplicable que, pendant des semaines, elle avait couru après Jacques Hébert: le suivant après l'école, lui téléphonant, lui écrivant des lettres enflammées, lui faisant même parvenir d'audacieuses photos d'elles, qu'elle avait prises dans les «machines à photo de passeport», et où on pouvait la voir, chemise ouverte, révélant non pas ses seins, mais un soutien-gorge qui peut-être avait ultimement fait pencher la balance en sa faveur.

Peut-être maintenant voulait-elle le faire payer, par son indépendance, pour tout le temps qu'il avait mis à comprendre qu'elle était la femme de sa vie!

Mon père fit son entrée, au moment où Suzanne quittait la cuisine sans avoir mangé. Sur le pèse-personne, la veille, la constatation d'un kilo de plus que le poids qu'elle estimait idéal l'avait jetée dans une consternation qui avait résulté en un régime draconien qui n'était pas sans affoler ma mère, et qui l'eût sans doute fait suffoquer d'angoisse si elle avait su que le vinaigre en était l'ingrédient principal.

Elle avait en effet lu que nombre de mannequins, et parmi les plus célèbres, pour rivaliser de sveltesse avec la filiforme Twiggy, qui à l'époque sévissait sur la couverture des magazines de mode du monde entier, recouraient aux vertus apparemment infaillibles du vinaigre.

«Tu as encore laissé ton assiette!» se plaignit mon père en s'assoyant à table. Et ta mère qui se dévoue tant! Il y a des millions d'enfants qui crèvent de faim dans le monde.

Tu mériterais qu'on t'envoie en Chine où tu verrais ce que mangent les petits Chinois que vous achetez à l'école!»

Mais ma sœur déjà avait disparu. Marie-Hélène expliqua à l'infortuné Jacques que Suzanne le rappellerait dès son retour, puis revint à table pour achever son petit-déjeuner.

À la fin du repas, alors que mes deux autres sœurs venaient de se retirer pour se rendre à l'école sans manquer de soulever des protestations parce que moi, je n'étais pas obligé d'y aller, mon père me dit d'une voix sérieuse qu'il souhaitait, le soir même, avoir avec moi une conversation d'homme à homme.

Chapitre 5

Loquace et spirituel, mon père, en raison peut-être de son enthousiasme constant, affichait une jeunesse surprenante qui le rendait fort populaire auprès de mes amis.

À quarante ans passés, et malgré le supposé sérieux de sa profession, il les épatait par ses pas de danse improvisés, ses simagrées et aussi ses chemises à fleurs, une mode un peu tapageuse des années soixante que leurs pères, plus conventionnels, déploraient.

L'amour qu'il professait pour la jeunesse n'était pas purement abstrait car il n'hésitait pas à se mêler à nos jeux, ne se laissait jamais prier pour disputer dans le sous-sol familial des parties d'échecs passionnées: jeu auquel il s'était initié en même temps que nous et toute une génération exaltée par les excentriques prouesses du jeune prodige Bobby Fischer.

Mais lorsque, le soir venu, il me reçut dans la petite pièce qui, à la maison, lui tenait lieu de bureau, son visage exprimait une gravité qui ne me parut pas de bon augure.

Ses yeux surtout brillaient d'une sévérité dont j'avais seulement été témoin lorsque je venais le déranger au cours des studieuses soirées qu'il consacrait à la préparation de ses plaidoiries, car il rapportait presque toujours du travail à la maison.

Individualiste farouche, il avait toujours refusé d'entrer dans un grand bureau ou même de s'adjoindre un associé, si bien qu'il devait régulièrement prendre les bouchées doubles pour satisfaire seul aux attentes de ses nombreux clients. (L'exemple, dit-on, est le meilleur maître. N'est-ce pas le sien qui m'avait communiqué mon ardeur indéfectible pour les études)?

Enfant, nous imaginons difficilement les soucis financiers que peuvent connaître nos parents et nous restons longtemps à penser que la corbeille de pain sur la table, la viande qui fume dans notre assiette, apparaissent sur un simple coup de baguette magique de nos parents.

Ainsi, un jour qu'elle nous accompagnait à l'épicerie, ma plus jeune sœur, Élisabeth, suggéra tout bonnement à ma mère, qui repoussait un coûteux filet de saumon en avouant simplement que nous n'avions pas d'argent: «Alors, allons en chercher à la banque!».

Peut-être mon père, avec cinq bouches à nourrir – sans compter la sienne propre –, était-il ce soir-là, comme tant d'autres, taraudé par les soucis financiers. Sa clientèle était changeante, et, homme de principe épris de justice plus que véritable affairiste, il n'acceptait pas toutes les causes qu'on lui proposait même si cet idéalisme grevait parfois son compte en banque.

Je m'avançai vers lui, non pas en tremblant, certes, mais inquiet, intimidé, comme sans doute tout fils devant son père, d'autant que, sauf erreur, c'était bien la première fois, depuis le début de ma brève existence, qu'il avait manifesté le désir d'avoir avec moi une conversation d'homme à homme.

De quoi voulait-il m'entretenir?

Je sentais bien que la ride profonde qui barrait son front ne provenait pas ce soir-là de ses fardeaux pécuniaires de père. Et il ne portait pas comme souvent une chemise fleurie mais plutôt la sombre robe de chambre bleu nuit qu'il revêtait invariablement aux heures studieuses, et dont la sévérité devait lui rappeler la toge qu'il porterait en cour le lendemain.

Il se tenait debout devant le buffet de chêne blond qu'il avait hérité de sa mère, et sur lequel il entassait volontiers sa correspondance, ses dossiers, les comptes. Il tenait une lettre qu'il posa à mon arrivée.

Absorbé, comme il l'était souvent malgré une disponibilité par ailleurs assez grande, il ne sembla pas tout de suite remarquer ma présence comme s'il poursuivait une réflexion entreprise avant mon entrée dans la pièce. Mais il me surprit alors en m'accueillant avec un large sourire.

Je souris également, sans grande conviction du reste. Je n'étais pas encore tout à fait rassuré, et je sentais sans pouvoir dire pourquoi que quelque chose clochait dans cet accueil.

«Aujourd'hui est un grand jour, Marc», décréta mon père de sa belle voix lumineuse et sonore qui lui avait sans doute valu bien des succès en cour.

Je croyais que le «grand jour» avait surtout été la veille, jour de mon congé et de mon retour à la maison. Mais il semblait qu'il en allait autrement, surtout dans l'esprit de mon père. Sur le buffet, soulevée par l'objet qu'elle recouvrait, une toile se dressait, que je pris d'abord pour un drap, puis, vu sa taille, pour une simple serviette. Et je pensai alors spontanément que je m'étais fait inutilement du souci et que mon père, pour marquer ma guérison, voulait m'offrir une toile.

Supposition vraisemblable puisque je le savais amateur de peinture: il avait la passion de découvrir de jeunes talents prometteurs – mais encore peu cotés – dont il enrichissait régulièrement sa modeste collection.

Il se tourna vers le buffet, tira sur la housse de fortune et découvrit non pas le chef-d'œuvre inconnu que, pour avoir trop fréquenté Balzac, j'attendais naïvement, mais plutôt une fort belle plaque dorée dont l'inscription m'étonna au plus haut point.

Y était en effet gravée, en belle lettres profondes et noires, dans un style vieille Angleterre, une formule qui me tua littéralement et qui pourtant annonçait simplement le cabinet juridique que je formerais un jour avec mon père.

Tel était donc le sujet dont souhaitait m'entretenir mon père au cours de cette conversation capitale! Ce que j'étais bête! J'aurais dû y penser avant! Nous avions, quelques semaines auparavant, lorsqu'était venu le temps pour moi de choisir un métier – et un collège – abordé cette délicate question, mais mon hospitalisation était venue me délivrer de l'obligation d'arrêter mon choix. Tout compte fait, n'était-ce pas cette angoissante obligation autant que la perspective des examens qui m'avaient littéralement rendu malade? Qui sait...?

Ayant découvert cette plaque qu'il avait sans doute dû faire graver avec les espoirs les plus profonds, il poursuivit:

«Le mois dernier, avant ton petit pépin de santé...»

Il ne ferait jamais plus allusion à ma maladie qu'en des euphémismes dignes de son optimisme.

«Nous devions choisir pour toi un collège. La date limite est passée, mais vu ta... (il allait dire: ta maladie) mais se reprit:

«Vu que tu n'étais pas là, et pour ne pas rater le coche, je me suis permis de remplir pour toi le formulaire et, comme je n'avais pas le choix, j'ai bien dû indiquer ton choix, mais je ne crois pas m'être trompé, n'est-ce pas...?

Je demeurai silencieux.

Je fulminais.

Je le reconnaissais bien là!

Il avait choisi à ma place ce que je ferais dans la vie!

«Je sais que je n'ai pas eu le temps de te consulter, mais depuis que tu es jeune, nous savons tous dans la famille que tu veux suivre mes traces, et je ne suis quand même pas pour m'y opposer... Tu as toujours aimé plaider...»

Je dois dire, à sa décharge, qu'enfant, à dix, ou au plus à douze ans, je m'amusais parfois, devant le large et long miroir mural de son bureau où lui-même répétait à voix haute ses plaidoiries, à défendre ou accuser mes sœurs selon qu'elles jouaient les victimes ou les inculpées.

J'avais retrouvé, dans les poubelles de l'église paroissiale, une vieille soutane que ma mère, avec ses infatigables doigts de fée, avait transformée en une belle petite toge que je revêtais avec fierté.

Nos pantomimes étaient de véritables fêtes, non seulement de tribuns en herbe, mais aussi du langage, car nous y exercions notre jeune verve satirique, inventions de belles formules tonitruantes, toutes entachées de notre enthousiasme pour les superlatifs dont la découverte était nouvelle pour nous: «Votre sérénissime jugeote devrait considérer l'âge de l'accusé... Si votre "honorissime" sagesse veut bien présenter devant sa très honorable cervelle les "éloquentissimes" faits suivants... Nous sollicitons la clémence de votre "élégantissime" altesse...»

Je ne pouvais donc nier qu'enfant je m'étais amusé à jouer, pour mieux dire à singer les magistrats. Mais de là à en conclure que je voulais vraiment devenir avocat, il y avait un immense pas. Que mon père, avec son volontarisme habituel, avait vivement franchi!

À l'hôpital, je l'ai dit, j'avais eu tout le loisir de réfléchir. J'avais pu méditer sur la valeur inestimable de la santé, d'ailleurs de manière d'autant plus ironique qu'il semblait bien que je ne la recouvrerais jamais complètement.

Mais j'avais également eu le loisir de songer à mon avenir ou en tout cas à mon éventuel métier. J'étais même tombé, en un des ces hasards de lecture dont ma vie semblait fourmiller – à moins que je ne souffris d'une inflation de l'imagination! – sur un vers latin qui demandait: «*Quod vitae sectabor iter?*»

Ce qui signifie: «Quelle voie suivrai-je dans la vie?»

À cause de ma précocité, ou de la bizarrerie de notre système d'éducation, j'avais été obligé, à seize ans, de choisir la profession que j'embrasserais alors que tout ce qui m'intéressait était de réussir mes études et de rester le plus longtemps possible le nez plongé dans mes livres.

Mon père du reste avait très tôt, chez mes sœurs et moi, encouragé ce vice – ou disons cette bonne habitude – en nous payant carrément dix sous par heure de lecture, ce qui me permettait d'arrondir singulièrement, souvent de doubler mon allocation hebdomadaire de deux dollars alors que je lisais avec avidité tous les *Sherlock Holmes* de sir Arthur Conan Doyle, tous les nouveaux *Bob Morane* qu'Henri Vernes pondait avec fécondité.

«*Quod vitae sectabor iter?*» donc...

Ce vers fort ancien m'interpellait, peut-être précisément parce que je ne savais pas ce que je voulais faire de ma vie. En revanche, je savais fort bien... ce que je ne voulais pas faire! Et c'était toutes les professions (libérales) vers lesquelles se dirigeaient allègrement mes camarades de collège: médecin, ingénieur, comptable agréé, architecte, dentiste... et avocat!

J'avais un problème.

Devant un silence qu'il prenait sans doute pour un acquiescement, mon père poursuivait:

«Je ne dirai pas que le métier d'avocat est le plus beau métier du monde, parce que c'est banal et que même les embaumeurs doivent dire à leur fils que leur métier est le plus beau du monde. Mais il reste que c'est une vocation formidable. Et je vais t'expliquer pourquoi. Premièrement, même s'il y a beaucoup de plaisanteries contre les avocats, c'est un métier que les gens respectent. Et en vieillissant tu comprendras que comme nous sommes forcés de vivre en société, c'est important d'avoir le respect des autres.

«Ce n'est probablement pas un métier qui te rendra millionnaire, et d'ailleurs je réprouve ceux qui choisissent leur profession seulement pour l'argent. C'est illusoire: on ne peut pas réussir et encore moins faire fortune dans quelque chose qu'on n'aime pas. Le droit ne te fera donc peut-être pas gagner des millions mais il te permettra de bien vivre, et de bien faire vivre ta famille. Je pense que j'en suis d'ailleurs un exemple: nous n'avons jamais manqué de rien.

– C'est vrai, me contentai-je de dire.

– Mais ce qui est surtout beau dans le droit, poursuivit mon père, «c'est que c'est un métier qui t'ouvre presque toutes les portes. C'est un métier qui peut conduire à tout...»

Pourvu qu'on en sorte, pensai-je ironiquement, mais sans oser interrompre mon père par une plaisanterie aussi convenue.

Mon père conclut, avec un humour qui allégea l'atmosphère:

«Et puis si ça ne fonctionne pas pour toi comme avocat, tu pourras toujours te recycler en politique comme la plupart de nos politiciens...»

J'éclatai de rire, et mon père prit mon hilarité pour un acquiescement certain. Il dit alors avec un jeu de mots facile:

«J'étais sûr que tu prendrais le droit chemin, c'est-à-dire le chemin du droit.»

Une brève pause puis il concluait:

«Une fois ton cours terminé, tu feras ta cléricature avec moi, puis nous agrandirons le bureau, et lorsque tu auras un fils, il prendra la relève, et nous deviendrons une grande famille d'avocats.

Et il se tourna vers la belle plaque qu'il venait de découvrir, et la contempla.

La description de ces avantages, aussi complète fût-elle, ne changeait rien à ma position. Mais j'étais atterré: je ne pensais pas que le rêve paternel avait une telle ampleur.

«Papa, je sais que tu vas être déçu mais tu nous as toujours élevés en nous encourageant à agir selon nos convictions. Et je... enfin je n'ai pas l'intention de devenir avocat.»

C'était un premier choc auquel mon père réagit par un silence ahuri. Il se ressaisit puis dit:

«Mais alors, qu'est-ce que tu comptes faire?

– Je... je ne sais pas...

– Tu ne sais pas?»

Il fallait bien que je trouve quelque chose, et alors, spontanément et comme sans vraiment y penser, je lui portai le coup de grâce en osant dire, me surprenant moi-même de la teneur de mon aveu:

«J'aimerais devenir romancier...

– Romancier! Mais tu n'y penses pas. Ce n'est pas un métier. Tu vas crever de faim toute ta vie...

– Tu nous as toujours dit qu'il ne fallait pas avoir peur de vivre ses rêves...

– Ses rêves peut-être, mais pas des élucubrations insensées! Être écrivain n'est pas un métier.

– Et pourtant les livres que tu lis et que tu nous encourages à lire depuis que nous sommes jeunes, il a bien fallu que quelqu'un les écrive un jour!»

La logique de cet argument, aussi parfaite fût-elle, ne fit qu'exacerber mon père. D'ailleurs ne contenait-elle pas un subtil reproche: celui d'avoir originalement exalté en nous le goût de la lecture en nous rétribuant?

Comme il devait désespérer que ses louables efforts eussent abouti, ironiquement, en une vocation de saltimbanque! Je vis qu'il eut de la difficulté à contenir l'élan de colère qui montait en lui.

Il y parvint pourtant, réfléchit, glissant, à la manière de Bonaparte et pour des raisons similaires, sa main à l'intérieur de sa robe de chambre, sur son estomac qui depuis des années lui causait tant de soucis.

Il dit enfin:

«Écoute, faisons un compromis. Fais comme Gœthe a fait pour plaire à son père: complète ton cours de droit. Ensuite tu pourras faire ce que tu veux, tu auras toute la vie pour écrire tes *Souffrances du jeune Werther* de Gœthe et tous les livres que tu voudras. Qu'est-ce que tu en dis?»

À nouveau, mon père m'épatait. Non seulement connaissait-il l'existence du célèbre poète de Weimar, mais il était même au fait des problèmes que, tout comme moi, il avait eus avec son père au sujet de sa vocation.

«Gœthe, comme tu sais, avait 220 de quotient intellectuel, et pourtant il n'a pas trouvé idiot de suivre les recommandations de son père. J'ose espérer que tu es assez intelligent – et surtout assez mature – pour en faire autant et particulièrement pour ne pas prendre aujourd'hui une mauvaise décision que tu vas regretter pour le restant de tes jours. Tu sais, mon fils, la vie est un peu comme une autoroute. À un moment donné, il faut prendre la bonne sortie, parce que si on la rate il faut parfois faire des dizaines de kilomètres pour retrouver son chemin. Est-ce que tu comprends ce que je t'explique?

– Oui.

– Alors...? dit-il le visage éclairé d'un sourire, comme si la cause était entendue, et le problème derrière nous.

L'adolescence n'est pas l'âge des compromis. Et ses certitudes sont d'autant plus inébranlables qu'elles reposent sur peu de choses, du moins aux yeux des adultes. Mais ce peu de choses est le tout de cet âge, et l'emplit tout entier. Aussi je répliquai:

«Non, papa. Je suis obligé de te dire non.»

Débouté, à bout d'arguments, mon père se tourna vers la belle plaque devenue inutile sur laquelle il rabattit avec brusquerie la housse. Il déclara:

«Tu me déçois beaucoup.»

Chapitre 6

*M*on père n'avait pas besoin de me dire que je le décevais: je le savais. Et je ne m'en félicitais pas, loin de là. Avec moi, avec mes sœurs, jamais il n'avait démérité. Toujours il s'était montré un père admirable. Je savais les sacrifices qu'il avait faits pour payer mes études dans un collège privé.

Et pourtant, je m'obstinais, me tenant un raisonnement de circonstance: je ne lui avais jamais reproché ses rêves, pourquoi me reprochait-il les miens?

Parce qu'il était mon père?

Parce que supposément il en savait plus long que moi sur la vie?

Au lieu de me chasser de son bureau comme je m'y attendais, il se dirigea vers la porte, me laissant seul devant le bahut. En me tournant pour le suivre du regard, j'aperçus ma mère, sur le seuil de la porte, depuis lequel elle avait, je n'allais pas tarder à m'en rendre compte, assisté à notre conversation.

«Édouard, dit-elle, attends!»

Mais mon père, qui ne décolérait pas, fit comme s'il ne l'avait même pas vue et quitta le bureau d'un pas vif.

Ma mère demeura un instant sur le seuil de la porte, puis l'air contrit, s'avança vers moi:

«Je venais vous demander si vous vouliez quelque chose à boire et j'ai tout entendu. Écoute, Marc, je ne sais pas si Gœthe avait ou non 220 de quotient intellectuel, mais ce que je sais, Marc, c'est que tu es intelligent. Il faut que tu penses à ton avenir... Nous ne serons pas toujours là... Ton père gagne bien sa vie, mais nous ne roulons pas sur l'or, nous n'avons pas beaucoup d'économies, la maison nous a coûté cher, et puis il y a tes sœurs aussi... Il va falloir que tu te débrouilles seul un jour...

– Mais je n'ai jamais eu l'intention de vivre à vos crochets, et si tu veux je peux partir aujourd'hui...», déclarai-je avec l'outrecuidance caractéristique de l'adolescence, alors que je ne savais pas du tout où je me serais réfugié si elle m'avait pris au mot, ni comment d'ailleurs j'aurais pu survivre car je ne travaillais pas.

– Voyons, Marc, ce n'est pas ce que je voulais dire», déclara ma mère affolée par cette perspective. Tu sais bien que tu peux rester ici tant que tu voudras... Mais il faut que tu penses à plus tard, Marc. J'ai regardé l'autre jour dans les livres sur lesquels tu t'abîmes les yeux, et j'ai vu ce qu'ils disaient des poètes, les poètes maudits, comme ils disent... Rimbaud, Verlaine, et je ne sais plus trop qui...»

C'était au tour de ma mère de m'étonner. Décidément tout le monde dans la famille était contaminé par la littérature, même si chacun s'en défendait.

«Ils n'ont jamais eu de vie», poursuivait ma mère. «Et surtout ils n'ont jamais pu avoir d'enfants, de famille. Ils ont été malheureux toute leur vie.»

Ce que ma mère ignorait, – ou préférait peut-être taire de crainte de provoquer des révélations qui la tueraient – c'est que si ces illustres poètes n'avaient jamais eu de famille ce n'était pas seulement qu'ils était maudits, c'était aussi qu'ils étaient invertis et que l'idée d'une progéniture n'exerçait sans doute sur eux qu'un bien pâle attrait.

Mais il est vrai que tous deux, méprisés de leur vivant comme presque tous les grands artistes – comme d'ailleurs, à l'autre bout du spectre du talent, tous ceux qui en sont totalement dépourvus –, avaient eu une existence misérable. Et leur gloire posthume ne pouvait nullement être une consolation pour une mère.

«Je ne compte pas devenir poète, maman. J'aimerais écrire des romans.»

La distinction, capitale à mes yeux, ne parut pas rassurer ma mère.

«As-tu pensé que...»

Elle hésitait à poursuivre, esquissait un sourire.

«As-tu pensé à ta maladie?

– Toi aussi, maman, tu as dû un jour avoir des rêves», objectai-je, préférant ne pas m'étendre sur cette question de ma maladie, qui pourtant n'était pas sans me préoccuper.

– Oui, dit ma mère avec un soudain sourire de béatitude sur les lèvres, mon rêve c'était de vous avoir et je vous ai eus.»

Et elle était belle en cet instant, comme un artiste qui pense à sa dernière œuvre, mieux encore à celle qui a déjà commencé à germer dans son esprit et qui l'exalte. Le bleu pâle de ses yeux s'illuminait.

«Imagine si ton père t'avait interdit de te marier, s'il t'avait forcée par exemple, comme il l'a fait avec ta sœur Raymonde, à devenir religieuse, comment aurais-tu réagi?»

La justesse de mon argument l'agaçait. Il lui semblait que je lui avais tendu un piège dans lequel elle avait donné tête baissée.

«Oui, mais je..., dans ton cas, c'est...

– Je savais que tu comprendrais, mais papa, lui, ne pense qu'à une chose: c'est l'argent que mon métier me rapportera. Il n'y a pas que l'argent, dans la vie, tu sais, maman.»

Elle le savait, elle qui ne vivait que pour nous, pour l'amour qu'elle pouvait nous donner, pour celui que nous pouvions maladroitement lui rendre.

Elle savait aussi que si l'argent n'était pas suffisant au bonheur, il est en revanche nécessaire, et qu'il fallait en tout cas disposer d'un minimum sans quoi la vie devenait vraiment insupportable.

Elle savait que si la famille en avait eu un peu plus, elle n'aurait pas été obligée de courir – malgré son cœur vite essoufflé et ses jambes souvent enflées par l'arthrite – tous les soldes des épiceries souvent lointaines ni de passer certaines nuits à ravauder nos vieux vêtements pour ne pas être obligée d'en acheter de nouveaux.

Elle savait que si la famille avait été plus à l'aise, elle aurait pu nous offrir plus souvent les jouets que, bombardés par la naissante télévision, nous la suppliions de nous acheter. Elle ne cédait que fort rarement à nos lancinantes prières, nous resservait plutôt la théorie de mon père: les jouets étaient un luxe inutile dont les enfants intelligents pouvaient fort bien se passer. Qu'on utilisât notre imagination à la place!

Et c'est ce que souvent nous en étions réduits à faire. Un vieux couvre-pied rouge étendu sur le plancher du sous-sol nous tenait lieu de barque, des branches, de rame, et nous imaginions de folles traversées à travers un tumultueux océan.

Avec des déguisements de fortune, mes sœurs et moi inventions des personnages de théâtre et jouions de petites pièces. Et ma mère me rappela un jour que, dans ma prime enfance, je pouvais passer des heures à m'amuser avec un rouleau de fil vide et un vieux fil rouge.

Cette privation de jouets conventionnels à laquelle le besoin nous réduisait n'explique-t-elle pas l'importance que prirent plus tard dans ma vie les ressources de l'imaginaire?

Écrire n'est peut-être que jouer avec un rouleau vide et un fil: le fil d'Ariane qui nous permet de nous retrouver dans le labyrinthe de notre vie!

Malgré les privations nombreuses, jamais ma mère n'aurait reproché à mon père de s'être défait d'un client dont il avait tout à coup trouvé la moralité douteuse, ou de refuser le mandat de quelqu'un dont la tête ne lui revenait pas. Elle le soutenait sans discuter dans toutes ses décisions.

Ma mère savait...

Elle savait que, s'il ne faut pas en faire un idole tyrannique, l'argent est un serviteur fort pratique.

Mais moi j'avais seize ans – et mes certitudes. Et je ne savais pas. Je savais seulement que je chagrinais ma mère, et sa déception, qu'elle contenait de plus en plus difficilement, me brisait le cœur. Et pourtant je ne me sentais pas capable de reculer.

Et comme pour la convaincre de la justesse de mes arguments, pour obtenir qu'elle se rangeât de mon côté, en jeune stratège maladroit, je m'acharnais sur mon père, ce que je n'aurais osé faire en sa présence. Les absents ont toujours tort!

«On dirait que papa n'a jamais été jeune, qu'il n'a jamais eu de rêves, qu'il est né avec une toge aux fesses et un code de loi dans les mains...

– Il ne faut pas croire ça, Marc, il ne faut pas croire ça... Lui aussi il a eu des rêves, comme toi...»

Le silence que je lui opposais lui faisait comprendre qu'elle ne m'avait pas convaincu. Elle me considéra un instant, plissa les lèvres, hésitante, puis sans rien dire, se tourna vers le bahut et après avoir jeté vers la porte du bureau un regard inquiet, comme pour vérifier que mon père ne revenait pas brusquement dans son bureau, elle ouvrit un petit coffret de bois laqué noir, et en tira une clé.

Chapitre 7

*P*uis ma mère se dirigea d'un pas lent et comme précautionneux vers la grande armoire du bureau de mon père. Ce meuble avait presque acquis une dimension mythique à nos yeux, et en tout cas nous intriguait énormément car il était toujours fermé à clé et nous ne savions pas ce qu'il renfermait.

Nous avions souvent imaginé, mes sœurs et moi, quelque trésor mystérieux, ou encore des documents rares, peut-être quelque secret de famille inavouable. S'agissait-il simplement d'une «banque» de fortune où mes parents entassaient de l'argent, pour parer à l'imprévu?

Arrivée devant l'armoire, ma mère parut hésiter, regarda à nouveau en direction de la porte du bureau, puis enfin fit pénétrer la clé dans la serrure, la fit tourner lentement et ouvrit enfin la porte, pour mieux dire les deux portes qui protégeaient l'accès de ce mystérieux trésor.

Ma curiosité piquée, je m'avançai.

Ce que je vis m'étonna et d'une certaine manière me déçut.

Ce n'était que des toiles, de petites toiles pour la plupart, fort belles il est vrai et assez originales, en fait des œuvres de peintres inconnus, dont en tout cas je ne reconnaissais pas la patte. Je pensai tout de suite qu'elles faisaient partie de la collection de mon père et me demandai pour quelle raison il les cachait si jalousement.

«Ce sont de nouvelles toiles que papa a achetées?» demandai-je, même si ma question était absurde puisque, aussi loin que pouvait remonter ma mémoire, mon père avait toujours possédé cette armoire, et nous en avait toujours scrupuleusement interdit l'accès.

– Non...

– Il ne les a pas achetées?

– Non.

– On les lui a offertes?

– Non.»

Ni achetées ni offertes, ces toiles ne pouvaient tout de même pas avoir été volées: l'honnêteté maniaque de mon père rendait absurde cette hypothèse.

«Je... je ne comprends pas...»

Après une ultime hésitation, comme si elle trahissait un secret d'État, pire encore qu'un secret d'État, un secret entre époux, ma mère avoua:

«Ce sont des toiles de ton père.»

Je n'étais pas sûr de comprendre. Je me doutais bien qu'elles appartenaient à mon père, mais encore? Je dodelinai de la tête, incertain.

«C'est ton père qui les a peintes.

– Mon père?

– Oui.

– Je ne l'ai jamais vu un pinceau à la main.»

Et en disant ces mots, je pensai spontanément au père des jumeaux Rozon, qui avait terminé le premier de sa promotion aux H.E.C., et qui pourtant, jeune, avait fort inquiété ses parents par les premiers signes d'une vocation poétique.

Fervent admirateur des poètes symbolistes, il ambitionnait devenir le nouveau Nelligan de sa génération. Et pourtant, ses parents l'avaient ultimement convaincu de rentrer dans le rang, et comme il arrive souvent aux adolescents que la mesure en toute chose horripile, il était passé d'un extrême à l'autre. Il s'était lancé aux antipodes même de la poésie en devenant comptable agréé.

Et pourtant, je ne pouvais m'empêcher de penser que cette vocation contrariée, que son changement de cap inattendu avait peut-être quelque chose à voir avec la mine sombre ou en tout cas fermée qu'il affichait généralement en notre présence.

Impressionnant, distant, sévère même, il passait pour timide: il nous intimidait. Peut-être comme un papillon étonnant, à rebours de l'évolution naturelle, il était redevenu chenille, comme tous ceux qui un jour ont rêvé, puis un jour ont cessé de le faire. Et l'âme encore gonflée du souvenir palpitant de ses vols audacieux dans l'azur infini de la poésie, il se trouvait condamné à ramper sur le plancher des vaches et des chiffres, comme les hommes ordinaires qui n'avaient pas eu son ambition ni son exceptionnelle intelligence.

S'étant lui-même «ostracisé» de la romantique patrie de la poésie, il était inconsolable en somme, malgré sa belle réussite professionnelle, sa femme aimante et ses cinq enfants, dont quatre garçons qui comblaient au-delà de toute attente ses désirs de descendance.

S'il est vrai, comme le proclamait mon père, qu'il y a un prix à payer lorsqu'on veut suivre une voie aussi incertaine que la mienne, n'y en a-t-il pas un aussi, lorsqu'on y renonce?

«Tu n'étais pas né, m'expliquait ma mère. Ton père avait dix-huit ans. Il voulait devenir peintre. Mais il a renoncé, parce que son père a toujours été un fainéant qui n'a jamais su les faire vivre, et qu'il ne voulait pas crever de faim comme lui. Lorsque nous nous sommes mariés, il ne pesait que cinquante-trois kilos, je ne sais pas si tu peux t'imaginer...»

J'étais abasourdi par tant de révélations, et surtout par celle de la vocation étouffée de mon père.

«Comme tu vois, lui aussi a été jeune, lui aussi a eu un rêve. Alors si tu crois qu'il ne peut pas te comprendre, tu te trompes. Seulement dans la vie, il a compris, et tu le comprendras toi aussi un jour, on ne peut pas toujours faire ce qu'on veut...»

Puisque je ne disais rien, elle ajouta:

«Si tu ne le fais pas pour moi, fais-le au moins pour ton père...»

Les représentations de ma mère ne modifièrent pas ma résolution. Dans les jours qui suivirent, comme s'ils voulaient me laisser mûrir en paix mon incompréhensible décision, mes parents ne m'en reparlèrent pas.

Il faut dire qu'un drame, survenu dans le quartier, était venu créer une diversion inattendue.

En effet, après des années de privations, les Kittel, voisins de mes parents, étaient enfin parvenus à faire creuser dans leur cour arrière une piscine *Valmar* en forme de rein, à l'époque le nec plus ultra.

«Lorsque la maison est terminée, dit le proverbe chinois, le malheur entre». Joie des enfants, orgueil des parents, cette piscine de rêve allait bientôt devenir un cauchemar.

Un matin en effet, vers le début de mai, madame Kittel avait vu flotter sur l'eau claire de leur piscine une petite serviette rose, sans doute poussée là par le vent printanier.

Mais s'approchant elle avait constaté, consternée, que cette serviette était en fait une petite robe, et que cette robe, c'était sa plus jeune qui la portait, sa fillette de deux ans, face contre l'eau: noyée.

Pendant des jours la pauvre madame Kittel était restée enfermée dans sa chambre, poussant des cris de désespoir, pleurant, refusant de voir personne, repoussant même les tentatives de ma mère, pourtant sa meilleure amie, pour la consoler. Tout le monde un temps crut qu'elle ne survivrait pas à cette épreuve, que si elle ne mourait pas d'anorexie, elle deviendrait folle.

L'accalmie que je connus alors dura plusieurs semaines. Ma mère, finalement admise auprès de sa grande amie, faisait des pieds et des mains pour la réconforter, tenait pour ainsi dire maison pour elle, lui apportait des plats déjà cuisinés, raccommodait, gardait les «survivants», poussait même le dévouement jusqu'à laver et cirer ses planchers, à quatre pattes, comme on disait, donc à la main, pour ne pas que l'inévitable désordre de sa maison n'ajoutât à sa dépression déjà grande.

À preuve, elle n'avait la force de ne rien faire, gardait la plupart du temps le lit, repoussait sans y avoir touché toutes les assiettes qu'on lui présentait. Toute absorbée par ces tâches imprévues qui venaient s'ajouter aux siennes propres, ma mère ne trouvait sans doute plus une minute pour discuter avec mon père de mon «cas».

Et puis mes parents ne pouvaient sans doute pas s'empêcher de mesurer avec une jauge nouvelle la gravité de leur infortune. Sans doute se disaient-ils que le petit drame que je leur avais fait vivre quelques jours avant n'était rien en somme en comparaison de la mort tragique de la fillette des Kittel. J'avais beau avoir contrarié leurs ambitions, j'étais encore en vie.

Avec le temps – et j'étais jeune encore –, ils me feraient bien changer d'avis, me feraient comprendre le bon sens. Après tout, le père Rozon, dont l'histoire était connue, avait finalement bien tourné, après un faux départ dans la vie. Peut-être en serait-il ainsi pour moi.

Et puis ma maladie avait peut-être eu sur moi des séquelles autres que purement physiques: morales, en somme. Il fallait me laisser souffler un peu, me laisser reprendre mes esprits. Alors je reviendrais naturellement au bon sens, je verrais toute la folie de mon choix.

Pendant ma convalescence, mes parents, malgré la précarité de leur situation financière, firent venir à la maison des professeurs privés qui me permirent de poursuivre mes cours et surtout de ne pas prendre trop de retard sur mes camarades du collège Saint-Ignace.

La jésuitique direction se montra du reste assez clémente et généreuse à mon endroit lorsque vint le temps des fameux examens de fin d'année qui avaient semé en moi une terreur sourde.

En effet, en récompense pour ainsi dire de mes exceptionnelles notes des années précédentes, j'en fus dispensé et on m'accorda une moyenne générale fort respectable de quatre-vingts, seulement quelques points de moins que mes résultats habituels.

Je ne sais si les fièvres rhumatismales avaient laissé leur marque dans mon esprit. Mais ma guérison coïncidait en tout cas avec le début d'une ère nouvelle dans ma vie. De cela, j'étais certain.

Il me semblait qu'était venu pour moi, du moins pour un temps, le temps de refermer les livres sur lesquels pendant des années j'avais abîmé mes yeux, comme disait ma pauvre mère. Il me semblait que je devais m'ouvrir au monde, que je ne connaissais pas.

Je n'étais du reste pas seul à vouloir m'ouvrir au monde. Mon destin personnel, pour une rare fois – peut-être pour la seule fois de ma vie – participait au destin plus vaste de mon pays. Toute la province de Québec en effet s'ouvrait au monde en même temps que moi: Montréal, métropole jusque-là méconnue, accueillait en 1967 l'Exposition universelle.

Chapitre 8

*D*ifficile de faire comprendre, à qui ne l'a pas connue, l'ivresse que nous procura, à mes amis et à moi, comme sans doute à une bonne partie de la population, la tenue de cette fameuse exposition universelle.

Lors de ma première visite, fin juin, moi qui n'avais jamais voyagé plus loin qu'Atlantic City, avec mes parents, pour les vacances estivales, j'étais brutalement mis en contact avec les cultures d'innombrables pays dont, dans certains cas, je découvrais le nom même.

Il faut dire qu'à l'époque, Montréal n'était pas la ville cosmopolite qu'elle est devenue trente ans plus tard, et que nombre de visiteurs, aux vêtements bigarrés, aux sandales étonnantes, aux coiffes poétiques, étaient les sujets mêmes de notre admirative curiosité.

Pour nourrir nos étonnements, entretenir notre dépaysement, nul n'était besoin de fréquenter la Place des Nations, où les drapeaux de tous les pays flottaient fièrement. Il suffisait de déambuler sur l'île Notre-Dame, d'entrer dans les pavillons, simplement de fouler le site de l'admirable exposition où des visiteurs du monde entier s'étaient donné rendez-vous, caressant pour un temps, trop bref d'ailleurs, le rêve d'une fraternité universelle.

Les audaces architecturales, leur variété, leur originalité nous enchantaient, et c'était avec une excitation frémissante que nous pénétrions dans les pavillons les plus célèbres, les plus courus: le pavillon de la Russie, qui nous laissait supposer en cette fin de guerre froide que les Russes n'étaient peut-être pas les monstres que nous supposions et où nous pouvions mesurer, non sans une secrète défiance, l'étonnant avancement technologique de leurs fusées spatiales, que nous pouvions d'ailleurs rapidement comparer à celles exposées dans l'originale sphère de vitre et de métal du Pavillon des États-Unis.

Pavillon africain aussi, pavillons de l'Inde, de la Tchécoslovaquie, du Japon, de l'Allemagne, de la Suède, de la France...

Il y avait aussi, qui attirait des visiteurs de tout âge, de sept à soixante-dix-sept ans, – comme le disait la publicité des aventures de Tintin qui avaient enchanté notre enfance –, le Pavillon de la Science, où je passais de nombreuses après-midi, même si à l'école ni la physique ni la chimie ne m'avaient jamais vraiment attiré.

Si nous vibrions si fort, si nous étions à chaque pas si exaltés, c'était sans doute à cause de la magie particulière qui flottait dans les lieux. Mais c'était aussi parce que nous avions seize ans, et que c'est l'âge où les extases sont aussi fréquentes, aussi naturelles que les désillusions pour l'âge adulte.

L'atmosphère magique des lieux me touchait d'autant plus qu'elle coïncidait chez moi avec un grand vent de liberté. Souvent, en foulant les vastes avenues qui conduisaient aux divers pavillons, je repensais à mon récent séjour à l'hôpital.

Je me revoyais tristement posté à la fenêtre de ma chambre.

La foule des passants indifférents dont j'enviais la liberté, j'en faisais maintenant partie, mais à leur différence, je savais mon privilège et j'en tirais une secrète joie.

Et si je ne savais au juste qui remercier de ma chance, pourtant banale aux yeux des autres hommes – Dieu, la

Vie... – je sentais pourtant monter en moi un grand élan de reconnaissance. Je me grisais de ma liberté, pourtant banale.

Je n'allais pourtant pas rester libre bien longtemps.

Car si mes amis et moi utilisions le plus souvent possible notre «passeport» pour l'exposition universelle à des fins culturelles, nous n'oubliions pas que nous étions adolescents et que le sol magique de l'île Notre-Dame et de l'île Sainte-Hélène était foulé par d'innombrables jeunes filles en fleurs.

Depuis le début de ma brève existence, j'avais été amoureux une seule fois. D'admirables coïncidences nous unissaient, me semblait-il, dans ma naïveté.

J'avais sept ans, elle avait sept ans.

Elle avait les cheveux noirs, j'avais les cheveux noirs.

Et les yeux verts mêmement.

Tous les deux nous fréquentions la même école, Saint-Maurice, et elle était tout comme moi première de classe. Avec son teint fort pâle, peut-être un peu maladif, et qu'accentuait sans doute la sombre et fascinante richesse de sa chevelure dans laquelle, en classe, je laissais parfois mes rêveries amoureuses se perdre, je trouvais Raymonde Houde d'une beauté sublime.

Indulgent déjà, pour ne pas dire aveugle comme tout amoureux, même extrêmement précoce, je n'estimais pas que l'arrogance qui se dégageait de tout son être venait compromettre son éclat. Peut-être même le port altier qu'elle affichait, son petit air de princesse un peu boudeuse était précisément ce qui m'attirait, semblable déjà dans l'enfance à ces hommes qui sont attirés par les femmes qui ne s'intéressent pas à eux et les repoussent.

Pourtant, jamais elle ne me repoussa. Je n'en fis pas non plus l'innocente conquête. La vérité est que jamais je ne lui adressai la parole. Je ne crois pas que c'était de la timidité de ma part.

D'ailleurs, si j'étais amoureux d'elle, je n'en étais pas tellement curieux, et je ne souffrais pas de ne pas lui parler, de ne pas l'aborder. C'était comme si, dans mon code amoureux de l'époque, tout amour devait être silencieux et garder ses distances.

Au sortir de l'école, je la suivais donc à une distance respectueuse, si respectueuse en fait que je ne crois pas qu'elle eût jamais remarqué mon engouement à son endroit et qu'elle ne le découvrira que si un jour elle lit ces pages.

Mon cœur battait, mes yeux admiratifs s'élargissaient, j'étais ému, j'étais heureux, presque autant que si elle avait répondu à mon amour, que si elle m'avait tenu par la main, embrassé.

Lorsque la rue Youville tournait à gauche pour aller rejoindre Épernay, la jeune beauté tournait à droite, et je la suivais prudemment le long de l'étroit sentier qui, interdit aux automobiles, passait entre les maisons et conduisait au croissant d'Avaugour, où elle habitait, au 14, une maison modeste et sombre qui me semblait aussi mystérieuse que les châteaux des contes pour enfants, car elle abritait ma princesse.

Mais mon code amoureux avait sans doute changé avec l'âge, et si j'étais timide, je ne voulais pas laisser échapper la seconde fille pour laquelle j'éprouvais un coup de foudre, car c'était bien ce dont il s'agissait.

Comment en effet qualifier autrement les palpitations de mon cœur, ma nervosité, la sécheresse soudaine de ma bouche en apercevant cette jeune fille aux longs et abondants cheveux roux, aux yeux très bleus, au nez légèrement retroussé, cette fille qui était comme une apparition et qui venait de me convaincre d'un seul coup, même si je n'en avais jamais vraiment douté, que Flaubert n'avait pas exagéré l'émoi profond de Frédéric Moreau lorsqu'il aperçut pour la première fois la belle Madame Arnoux?

La belle inconnue, qui portait un chemisier blanc et une minijupe de cuir noire qui découvrait ses longues cuisses, se tenait à quelque distance de moi, devant une scène où venait de s'achever un spectacle.

Elle était accompagnée d'une copine que je ne détaillai pas, que j'aperçus à peine en fait: il me suffisait de savoir qu'elle n'était pas un homme, et que donc, possiblement, mes émois n'étaient pas vains puisqu'ils se portaient vers une fille qui n'avait pas de «chum».

En moi résonna une espèce d'impératif catégorique, qui n'avait rien de celui de Kant, et qui m'intimait l'ordre avec une virulence imparable: *«Tu dois absolument lui parler avant qu'elle ne s'éloigne! Ta vie en dépend!»*

«Il faut que je lui parle», dis-je à Maurice en pointant du doigt vers cette incarnation parfaite de la beauté.

Il portait son éternel chandail de laine mauve qui désespérait ses parents, et suscitait nos quolibets. Il avait porté le précédent (qui était de même couleur et de même coupe!) jusqu'à ce qu'il tombe en poussière puis s'était précipité au *Château* pour en acheter un autre parfaitement identique: c'était une de ses nombreuses toquades d'adolescent.

«Ne perds pas ton temps, répliqua Maurice d'une voix catégorique.

– Qu'est-ce que tu veux dire?»

Il voulait sûrement dire qu'elle était trop belle, ou trop bien pour moi, ce qui était probablement le cas. Mais je ne le savais pas. J'étais sous le charme du coup de foudre, et le coup de foudre, s'il peut nous faire souffrir, ne souffre pas la discussion.

«Elle a l'air de se prendre pour quelqu'un d'autre. Et puis sa copine est vilaine, et si ça marche je vais devoir me la taper pour le reste de la journée. Est-ce que tu lui as vu le coccyx?»

Le coccyx, comme chacun sait, est un os, reliquat d'une époque où nous avions une queue. Mais dans notre jargon de mousquetaires, il désignait plutôt les protubérances charnues qui l'enveloppaient. Et je dois dire, à la décharge de mon intransigeant ami, qu'en effet, la copine de la belle rousse qui avait retenu mon attention possédait un arrière-train assez imposant, qu'une taille d'ailleurs très fine accentuait.

«Écoute, je ne te demande pas de l'épouser. On leur propose seulement de venir manger une pizza avec nous.

– Pour que je me tape l'addition de la sœur de Quasimodo!

– Mais non, chacun va payer sa part. On est en 1967. On n'est plus dans les années cinquante, les filles sont insultées maintenant lorsqu'on veut payer pour elles. Elles trouvent que ça fait macho.

– Pas la dernière fille avec qui je suis sorti.

– Verte?

«Verte», c'était le surnom pas très flatteur dont nous avions affublé la dernière conquête de Maurice: son teint était effectivement d'une verdeur maladive.

«Oui, Verte.

– Elle est maigre comme un pou.

– Peut-être. Mais elle mange comme un éléphant. La dernière fois que nous sommes sortis ensemble, ça m'a coûté sept dollars et cinquante! Elle commandait comme si j'avais été Rockefeller: la grosse frite, le club sandwich, deux *coke* "jumbo"... Puis quand la facture est arrivée, comme je prenais un crayon pour la diviser, elle s'est levée comme une petite princesse et elle m'a dit: "Je vais t'attendre dehors!" Heureusement que c'est terminé, je l'ai envoyé paître.

– On t'avait dit aussi que ce n'était pas une fille pour toi. Mais tu étais attiré par elle à cause de ses seins.

– Je sais...»

Il marqua une pause, puis honteux ou nostalgique:

«Ils n'étaient même pas gros. C'étaient juste des rembourrures, dit-il. Elle remplissait son soutien-gorge de *kleenex!*»

Il paraissait vraiment triste tout à coup, et je voulais le consoler. Je fouillai dans la poche de ma veste de daim brune que mes parents, pour me faire supporter plus aisément mon séjour à l'hôpital, m'avait offerte le lendemain de mon admission: présent qu'il m'avait longtemps refusé, tout simplement parce que ce vêtement était trop cher. Ma maladie – ou plutôt leur angoisse – avait magiquement délié les cordons de leur bourse peu dépensière!

Je trouvai sans peine ce que je cherchais: mes petits cigares *Old Port* que j'avais commencé à fumer en cachette quelques mois auparavant. Bon marché dans leur boîte bourgogne et blanc de cinq unités, ils me plaisaient: j'aimais bien leur riche fumée parfumée de raisin dont la quintessence paraissait se retrouver dans leur petit bec plastifié que je mâchouillais longuement.

J'en offris un à Maurice qui s'empressa de l'accepter. Je le lui allumai avec un rustique briquet métallique, qu'on appelait des briquets de matelot, et dont je soulevais le capuchon grâce à un simple et désinvolte mouvement du pouce auquel je m'étais secrètement exercé.

Maurice en tira une bouffée satisfaite qui parut lui faire oublier la triste évocation de sa «verte» déconvenue.

J'allais m'allumer à mon tour lorsque je me ravisai.

«Éteins ton cigare, Maurice.

– Mais pourquoi, je viens de l'allumer? demanda-t-il en fronçant les sourcils.

Je venais de penser à un stratagème dont l'extrême banalité ne m'arrêtait pas.

«Je vais demander du feu aux deux filles?

– Pourquoi? Nous en avons...

– Mais je vais justement faire semblant que je n'en ai pas.

– Si c'est toi qui n'en as pas, pourquoi me demander à MOI d'éteindre mon cigare?

– Parce que tu es avec moi, idiot!

– Bon, bon, d'accord. Mais je te le dis, nous perdons notre temps.»

Contrarié, il tira de son cigare une ultime bouffée aussi pathétique que celle du condamné à mort puis l'éteignit en le frottant contre la semelle de son soulier. Il garda le cigare éteint entre ses lèvres.

«Qu'est-ce que tu fais?

– Quoi?

– Ton cigare, voyons, range-le! Sinon elles vont voir que tu l'as éteint exprès.

– Écoute, dit-il en plissant les lèvres avec scepticisme, je pense que tu t'imagines des choses au sujet des filles. Elles sont peut-être futées et tout et tout, mais ça ne veut pas dire qu'elles voient tout comme Colombo.

– "Le guerrier véritable gagne la guerre avant même d'engager le combat et ne néglige aucun détail."

– C'est quoi cette histoire?

– C'est une grande maxime orientale que mon père répète tout le temps.

– Eh bien, tu ne devrais peut-être pas croire tout ce que ton père te dit parce que pendant que tu gagnais la guerre, mon cher, les filles ont disparu!

Chapitre 9

Je crus qu'il voulait m'effrayer. Mais je compris bientôt qu'il ne plaisantait pas: en effet les deux filles s'étaient volatilisées!

«Viens, dis-je à Maurice en le prenant par la manche, il faut absolument les retrouver. C'est une question de vie ou de mort!»

Je me hâtai en direction du dernier endroit où j'avais aperçu les deux filles. Il y avait foule, et notre course fut malaisée. Je m'immobilisai bientôt, elles étaient introuvables! Je ne pouvais pas le croire: la fille de mes rêves m'échappait avant même que je ne puisse lui adresser la parole!

«Laisse tomber, dit Maurice, c'est le destin.»

Je ne l'écoutai pas. Ma persévérance fut récompensée. Je retrouvai enfin les deux filles. Elles attendaient devant le magnifique pavillon de la Russie, dans une longue file. J'arrivai bientôt près d'elles, les accostai. Je m'adressai évidemment à celle qui m'intéressait et qui, de près, me paraissait encore plus belle, plus troublante, d'autant que je pouvais m'enivrer de son subtil parfum, que je crus reconnaître car il ressemblait à celui de ma sœur Suzanne, qui le volait d'ailleurs à ma mère: *L'Air du temps*, de Nina Ricci.

«Mademoiselle, bredouillai-je dans mon extrême nervosité et en montrant mon cigare, est-ce que je peux vous offrir du feu, non je veux dire vous DEMANDER du feu...?»

Les deux filles firent comme si elles n'avaient pas entendu ce que je venais de leur demander, ne daignèrent même pas regarder en ma direction.

«Laisse tomber», me dit Maurice en me prenant par la manche, «tu vois bien qu'elles ne veulent rien savoir.

– Peut-être qu'elles sont Anglaises.»

Ma connaissance théorique de l'anglais était assez bonne, mais je n'avais jamais l'occasion de le parler. Pourtant je lui dis avec mon accent exécrable:

– *Maybe you do not comprenich because you do not french very much...*

– Non, on ne *frenche* pas», dit ma préférée qui éclata de rire.

– Ah, je vois... je... je préfère d'ailleurs, l'anglais c'est bien, mais le français c'est... c'est encore mieux...

– Felquiste, en plus?» demanda très sérieusement la plus jolie.

– Euh non. Je ne suis... je ne suis pas très politisé.

– Dommage, dit-elle.

– Enfin, je veux dire, oui, je le suis, mais je ne suis pas felquiste.»

Elle me faisait marcher visiblement. J'avançai mon cigarillo *Old Port*.

«Est-ce que vous auriez du feu?

– Je ne fume pas, dit la plus jolie.

– Moi non plus, dit sa copine, qui sourit largement à Maurice qu'elle trouvait visiblement mignon.

Gaffeur, Maurice ne fit ni une ni deux, prit la liberté de fouiller dans la poche de ma veste pour en extraire mon briquet, alluma son cigarillo au vu et au su des deux jeunes filles. Je contins mon agacement, tentai une banale diversion:

«Ah, tu avais du feu, Maurice?»

Je souris aux filles, qui me regardèrent, sceptiques.

«Je m'appelle Marc. Voici mon ami Maurice.

— Moi, c'est Ginette, dit avec enthousiasme celle qui semblait avoir jeté son dévolu sur Maurice et même se mit à cligner des yeux en sa direction. Et mon amie, c'est Brigitte.

— Enchanté, dis-je, pendant que Maurice demeurait impoliment muet.

— Est-ce qu'on peut... je veux dire est-ce que ça vous tente de venir manger avec nous?»

Les deux jeunes filles, qui semblaient s'amadouer peu à peu, se consultèrent du regard, regardèrent la file d'attente devant elles, leur montre-bracelet. Ginette écarquilla les yeux en direction de son amie pour lui faire comprendre que l'invitation lui plaisait.

«La file d'attente est longue et il est presque midi, dit Brigitte, c'est une idée. Qu'est-ce que vous aviez en tête?

— De la pizza.

— On avait plutôt pensé à du caviar et de la vodka russe...»

Maurice me donna un grand coup de coude dans les reins pour me signifier qu'il avait raison, qu'il me l'avait bien dit, que Brigitte se prenait pour une autre, qu'elle n'était pas pour moi. Mais je fis comme si de rien n'était.

«Pas de problème, je sais où il y a un restaurant russe...

— Mais non, mais non, je plaisantais, dit Brigitte. Ça va nous coûter les yeux de la tête. D'accord pour la pizza.»

Mon cœur se mit à battre la chamade. L'inespéré se produisait, le miracle avait lieu! Pas complètement bien entendu, mais j'étais si inexpérimenté que même cette petite victoire me paraissait immense!

Mais nous avions à peine fait quelques pas en direction d'une des innombrables pizzerias du site de l'exposition universelle qu'un petit incident se produisit. Ginette qui, en pâmoison, marchait à côté de Maurice, eut la malheureuse inspiration de prendre son bras comme si elle «sortait» avec lui.

Maurice devint cramoisi. Je sentis qu'il allait exploser, et prononcer une parole malheureuse comme il s'en était montré capable dans le passé. Mais par délicatesse pour moi, il se contint et annonça à la place qu'il devait aller aux toilettes, se libérant avec un soulagement visible du bras de Ginette.

Près de nous se trouvaient les portes des toilettes publiques vers lesquelles il dirigea son dégoût, non sans m'avoir décoché une œillade dont le sens me sembla clair: il était excédé. Cette promenade qui l'agaçait déjà et qu'il ne consentait à faire que par amitié pour moi était maintenant devenue humiliante: une jeune femme au coccyx immense se pendait à son bras, bientôt appuierait la tête contre son épaule, chercherait peut-être à se faire embrasser! Il y avait des limites quand même!

Au bout de trois ou quatre minutes d'une attente qui devenait embarrassante pour moi, comme Maurice ne revenait pas et que les deux filles commençaient à s'impatienter, je dis:

«Je vais aller voir ce qu'il fait. Il a peut-être des ennuis avec son estomac. Ce ne serait pas la première fois.»

Je mentais, mais seulement approximativement car si Maurice avait rarement des ennuis gastriques, en revanche il avait souvent ce qu'il appelait des gaz. Mais cela, bien entendu je ne pouvais le dire lors d'une première rencontre.

Toqué, et peu soucieux de l'avis des autres, Maurice s'allongeait souvent sur le ventre dans des endroits publics, se «roulait» disions-nous, en fait s'autoadministrait un curieux massage pour se soulager de ces crises intestinales, une pratique qui ne manquait pas de nous étonner.

Était-il allongé sur le plancher des toilettes, et se «roulait-il» pour se débarrasser de ses gaz insupportables? Je soupçonnai que ce n'était pas le cas, et je ne tardai pas à le trouver, debout, en apparence en pleine forme, appuyé contre un des murs des toilettes, qui étaient désertes: il n'attendait donc pas son tour pour satisfaire aux besoins de la nature. Non, tout simplement, il grillait son petit cigarillo.

«Qu'est-ce que tu fais?

– Je fume, tu ne vois pas!

– Mais on t'attend!

– Ne m'attendez pas!

– Mais, Maurice, voyons, je ne comprends pas...

– Écoute, si tu penses que je vais aller manger avec cette sangsue. Si ça continue elle va me demander d'aller jouer à la bouteille tout seul avec elle!»

Divertissement fort peu romantique d'adolescents, mais qui nous paraissait aussi audacieux sans doute que le *strip-poker*, jouer à la bouteille consistait à faire tourner deux fois sur le plancher, au centre d'un cercle de filles et de garçons consentants, une bouteille dont le goulot une fois immobile désignait les deux membres d'un couple instantané qui devrait échanger un baiser, pas n'importe lequel d'ailleurs car, règle incontournable, il fallait que les lèvres s'entrouvrent, que les langues s'entremêlent: en un mot, il fallait s'adonner à l'art envoûtant du *french kiss*!

Bien entendu, le jeu se jouait en général au moins à quatre, soit deux garçons et deux filles, ce qui expliquait la boutade de Maurice!

«Tu ne peux pas me laisser seul avec ces deux filles...

– Pourquoi? Tu as peur? Ce n'est pas moi qui ai voulu leur parler.

– Si tu ne reviens pas, elles vont se poser des questions, elles vont être insultées. Tu risques de tout gâcher.

– Et après?

– Mais, Maurice, j'y tiens, moi, à cette fille. Je pense que je suis amoureux d'elle.»

L'entêtement de Maurice était proverbial. Je tentai de le briser mais ce fut peine perdue. Le temps passait. Si je laissais trop longtemps les deux jeunes filles seules, elles partiraient.

Je retournai auprès d'elles et leur expliquai que Maurice s'était senti mal et qu'il avait préféré repartir chez lui.

«Je le savais», dit Ginette qui éclata curieusement en sanglots. «Je te l'avais dit. Il ne veut rien savoir de moi!

– Mais non, dis-je, je t'assure que ce n'est pas le cas.

– Viens, dit Ginette à son amie, partons. Je veux retourner chez moi.

J'étais désespéré. Maurice venait de tout gâcher!

«Est-ce que je peux vous offrir un *Pepsi*, quelque chose?

– Non, ce n'est pas la peine, expliqua Brigitte. Je pense que nous allons partir. Mon amie a de la peine, et je ne veux pas la laisser tomber. Elle vient de traverser une période très difficile, et elle est fragile.»

Je paniquais. Elle allait m'échapper, alors que tout avait si bien démarré! Il fallait que je pense vite.

«Est-ce que... tu me laisserais ton numéro de téléphone?»

Elle me toisa, hésitante, puis sans rien dire ouvrit son sac à main, en tira un petit stylo de plastique rose qui me parut charmant, et un bout de papier sur lequel elle griffonna son nom et son numéro de téléphone. Je la remerciai du fond du cœur, ne croyant pas encore tout à fait en ma bonne fortune.

Dès que les deux jeunes filles se furent éloignées, je rouvris le petit papier que j'avais plié avec une nonchalance toute feinte, et je le contemplai comme s'il s'agissait du numéro gagnant du loto ou de quelque nouvelle extraordinaire.

Je le portai à mon nez pour le humer et constatai, ravi, qu'il exhalait «son» odeur, cette fragrance merveilleuse de *L'Air du temps*, qui serait peut-être d'ailleurs le début de mon ère à moi, de ma vie véritable comme amoureux. Je contemplai un instant l'écriture de Brigitte, une écriture qui était sans doute banale mais que je trouvais merveilleuse. Je repliai le billet, le glissai dans la poche droite de ma chère veste de daim, qui semblait me porter chance!

Et je rentrai chez moi gonflé par mon secret, transformé, exalté comme si le souffle du génie, que j'avais tant d'années invoqué en vain, avait commencé à souffler en moi.

D'ailleurs je n'étais pas seulement heureux d'avoir fait cette rencontre providentielle, j'étais aussi fier d'avoir si bien mené les opérations, si je puis dire, d'autant que Maurice avait failli tout compromettre par sa muflerie. L'amour, au lieu de me paralyser, m'avait mystérieusement donné des ailes.

Lorsque quelque temps avant j'étais arrivé à la conclusion que je ne voulais plus passer mes journées le nez plongé dans les livres, mais vivre enfin, je ne savais pas au juste à quoi je pensais vraiment, de quelle substance mystérieuse je remplirais le vaste mandat que je me confiais à moi-même.

Maintenant, d'un seul coup, il me semblait que je venais de le découvrir: aimer. Voilà quel était le but même de l'existence! Et du même coup il me semblait comprendre toutes les extases, tous les tourments de ce pauvre Werther, que je n'avais pu apprécier que cérébralement, abstraitement, et que du reste j'avais trouvé un peu excessifs: ils étaient sans doute attribuables à la sensibilité de l'époque, un romantisme exacerbé que seul le talent de Gœthe avait empêché de sombrer dans le ridicule.

En cette fin de siècle, pensais-je, *de tels émois étaient impossibles en dehors de la littérature qui ne serait rien sans enflure: même le plus sobre des romanciers ne résiste pas aisément aux travers qui consistent à embellir, exagérer, parce que la vraie vie n'est ni dramatique, ni passionnante, pas romanesque en un mot.*

Et pourtant voilà que ma première idylle modifiait mes vues, et que j'étais heureux, non seulement d'avoir fait la rencontre de cette jeune fille, mais d'avoir eu tort au sujet de l'amour.

Chapitre 10

Le lendemain, c'est avec la véritable fierté du chasseur qui exhibe un trophée que je montrai à Maurice le billet grâce auquel Brigitte, comme une fée, avait transformé ma vie. Il l'examina avec scepticisme comme s'il ne croyait pas qu'une rencontre aussi mal engagée eût pu se terminer aussi heureusement.

Restait maintenant à déterminer quel était le moment le plus opportun pour utiliser ce numéro de téléphone arraché de haute lutte. Je sollicitai l'avis de Maurice qui s'empressa de statuer: «Moi, à ta place, j'attendrais le plus longtemps possible.

– Si j'attends trop longtemps, elle aura peut-être le temps de rencontrer quelqu'un d'autre. Ou elle pensera que je ne suis pas vraiment intéressé.

– Écoute, si tu l'appelles tout de suite, dit-il avec l'assurance d'un grand séducteur, elle va sentir que tu meurs d'envie de sortir avec elle, et elle va te dire non, même si elle meurt elle aussi d'envie de sortir avec toi.

– Pourquoi? Je ne comprends pas.

– Simple psychologie féminine.

– Je ne suis pas sûr de comprendre.

– Elles ont toutes l'esprit de contradiction.

– Tu penses?

– Je ne pense pas, j'en suis sûr. Dès qu'une fille sait que tu l'aimes, tu es fini, elle ne veut plus de toi. C'est ce qui m'est arrivé avec Verte. Elle voulait toujours que je lui dise que je l'aime, et moi je ne le lui disais pas, parce que ça me fatigue ces histoires de sentiments. Puis quand j'ai fini par le lui dire pour être gentil avec elle, elle m'a foutu là et elle est retournée avec Michel Pesant.

– Je pensais que c'était toi qui l'avais quittée, à cause des kleenex et des coke jumbo...

– Ça, dit-il, c'est la version officielle, il ne faut pas que tu répètes à personne ce que je viens de te dire. Surtout pas aux petits chums. Tu me le jures?

– Mais oui, mais oui, je ne te trahirai pas.

– Juré craché?

– Oui, oui», dis-je en feignant de cracher pour apaiser son inquiétude.

Juste avant que nous nous séparions, Maurice me donna d'ultimes conseils:

«Alors n'oublie pas. Ne l'appelle pas tout de suite. Sois indépendant. Et puis quand tu vas lui téléphoner, il faut que tu aies l'air cool. Pas de grandes déclarations. Dis-lui que tu l'as appelée comme ça, par hasard, que tu voulais juste prendre de ses nouvelles. Ne lui parle pas longtemps. Pas plus d'une minute. Et SURTOUT, SURTOUT, il faut toujours que ce soit toi qui mettes fin à la conversation. Au bout d'une minute, dis-lui que tu ne peux pas lui parler plus longtemps, que tu es trop occupé, que tu as un rendez-vous important, n'importe quoi. Tu vois l'idée?

– Oui, oui. Je vais faire ce que tu dis.»

Dans mon exaltation, je ne pus faire mieux qu'attendre le lendemain. M'étant enfermé avec le téléphone à long fil dans la salle de bain pour ne pas risquer d'être surpris par mes sœurs dont l'immense curiosité me paraissait funeste, je composai en tremblant le numéro de téléphone de Brigitte. Mais lorsque j'entendis sa voix si belle, ce fut le trou de mémoire, la panique: j'oubliai tous les sages conseils de Maurice et, d'une voix exaltée et tremblante, je dis:

«Je suis content que tu sois là... Je... j'avais pensé un moment que tu m'avais donné un mauvais numéro de téléphone pour te débarrasser de moi... parce que je ne t'intéressais pas vraiment... Mais je vois que... que... enfin je ne sais plus mais ça ne doit pas avoir d'importance, mais ce qui a de l'importance, ce qui est pour moi la chose la plus importante du monde, c'est que je ne cesse pas de penser à toi depuis que je t'ai rencontrée... enfin je sais que tu es une fille probablement très occupée, mais est-ce qu'on peut se voir ce soir? On est presque voisins à cause du hasard qui n'existe pas et qui est probablement le destin à l'état pur, je pourrais être chez toi dans cinq minutes si tu veux...

– Ce n'est pas possible ce soir, je me lave les cheveux. Peut-être une autre fois. Salut.»

Et elle raccrocha, sans autre forme de procès. J'étais atterré. Qu'est-ce que je venais de faire? Exactement le contraire de ce que Maurice m'avait conseillé!

Quel gaffeur j'avais été!

Mais un premier échec ne pouvait décourager ma persévérance. J'attendis deux jours, et je la rappelai.

«Ah, c'est toi...», dit-elle avec un enthousiasme qui me parut fort limité, mais peut-être était-elle simplement timide et dissimulait-elle ses vraies émotions sous un masque de froideur!

Maurice ne m'avait-il pas dit que les filles cachaient souvent leur jeu?

«Oui, je me demandais si ce soir nous pouvions nous voir...

– Ma grand-mère est morte, hier. Il faut que j'aille au salon funéraire.

– Je comprends, je te rappelle une autre fois.

– Écoute, je traverse une drôle de phase actuellement. Alors faisons quelque chose. Au lieu que tu sois toujours obligé de me rappeler, donne-moi ton numéro de téléphone et c'est moi qui vais t'appeler.»

Elle me demandait mon numéro de téléphone! Comme j'avais de la chance!

«C'est facile à retenir», dis-je stupidement puisque mon numéro ne l'était pas plus qu'un autre: il comportait comme tous les autres sept chiffres et aucun doublon ou séquence qui en eût rendu plus aisée la mémorisation, c'est 669-5198.

– Eh bien, je te remercie.
– Tu... tu ne le notes pas?
– Non, non, inutile. J'ai une mémoire d'éléphant...»

Et très pressée soudain, elle ajouta:

«Bon, on se rappelle...»

Je voulais lui faire mes ultimes salutations, lui dire toute la joie que m'avait apportée notre conversation, lorsque j'entendis dans le combiné le son déprimant qui signifiait qu'elle avait raccroché.

J'étais ambivalent. Elle avait refusé mon invitation, mais en revanche elle m'avait demandé mon numéro de téléphone. Je restai un long moment songeur, et c'est ma plus jeune sœur Élisabeth qui me tira de ma rêverie en frappant vigoureusement à la porte de la salle de bain où je m'étais à nouveau enfermé pour téléphoner. Je lui ouvris.

«Tu as l'air drôle», me dit-elle en allant se planter devant la glace et en tirant de sa petite trousse de maquillage un tube de rouge qu'elle décapuchonna prestement.

Hébété, je la regardais, en fait les yeux dans le vide, le récepteur encore en main.

«Est-ce que tu vas me regarder ainsi longtemps? Est-ce que je peux avoir moi aussi une vie privée!»

Une vie privée: elle n'avait que huit ans!

«Bon, bon, je te laisse...»

Je regagnai tristement ma chambre.

Jean m'y rejoignit une heure plus tard. Lorsque je lui relatai mes premiers déboires que, en langage digne de la famille, j'avais prudemment qualifié de contretemps mineurs, il lui fallut au moins une grosse minute pour apaiser son hilarité. Les larmes aux yeux, la poitrine encore soulevée de hoquets, il parvint enfin à m'expliquer la raison de son fou rire:

«Elle t'a dit qu'elle se lavait les cheveux et que sa grand-mère était morte?

– Oui, et après, je ne vois pas ce qu'il y a d'extraordinaire à cela. Et encore moins de drôle. C'est plutôt tragique la mort, non?

– Mais sa grand-mère n'est pas plus morte que la mienne, mon pauvre Marc. C'est ton chien qui est mort.

– Tu crois?

– Mais oui, c'est évident, voyons.»

Platon a dit: «L'amour engendre les beaux discours.»

Dans mon cas, il me semble qu'il engendrait surtout de belles – et nombreuses – questions, qui d'ailleurs n'étaient pas nécessairement belles, mais qui en fait étaient des interrogations anxieuses, douloureuses, interminables, peut-être parce que justement l'amour comme la vie est un mystère insoluble: on ne peut jamais connaître les êtres.

Je bombardai Jean de questions. Mais pour lui, la discussion était close, la cause entendue. Il me le prouva d'ailleurs en s'emparant de ma guitare sèche, qui était appuyée contre le vieux et lourd pupitre brun où depuis mon enfance j'avais passé des milliers d'heures, à tel point que, superstitieusement, il me semblait habité d'une véritable présence ou protégé par quelque fée bienveillante: celle de l'étude qui, dès que je m'assoyais, me mettait comme par magie dans des dispositions idoines pour le travail intellectuel!

S'assoyant sur le coin du lit, Jean proclama, excité:

«Raymond a fini par me montrer les accords de *House of the rising sun.*»

Raymond, outre qu'il était féru de pêche à la ligne, était un musicien doué qui, privilège immense et inaccessible à nos yeux, possédait une guitare électrique et un petit amplificateur.

Sous prétexte qu'un véritable musicien ne prêtait jamais son instrument, pas plus qu'un homme sa femme, il ne nous la laissait jamais essayer, ce qui nous désolait et nous faisait souhaiter qu'un jour nos parents, moins aisés que les siens, feraient fortune et auraient avec nous de semblables largesses.

Raymond poussait même plus loin l'amour jaloux qu'il vouait à son instrument et refusait souvent – peut-être aussi pour conserver sur nous son ascendant de meilleur musicien – de nous montrer la manière de jouer tel ou tel morceau à la mode. Comme nous disions, il nous «cachait» les accords.

Jean tira de sa poche son propre «pic», car il refusait de jouer avec celui des autres. Le pic, nom masculin qui vient probablement du mot féminin pique qui désigne une arme ancienne, la lance, était un petit triangle ou un losange en plastique avec lequel le musicien frappe les cordes: le mot venait peut-être tout simplement du mot anglais *pick* qui désigne une pioche et sans doute aussi ce petit objet de musique.

Et il se mit à jouer les célèbres accords inauguraux de *House of the rising sun* que nous avions si souvent cherchés en vain. J'aurais dû être ébloui, parce que tout comme lui, je prisais la guitare, et tout comme lui, j'avais cédé à la fascination de toute une génération pour ce classique.

Mais la découverte (arrachée à Raymond!) de Jean me laissait indifférent. Les paroles de mon ami m'avaient bouleversé.

Peut-être la belle Brigitte que j'avais crue un instant envoyée du ciel ne s'intéressait pas à moi! J'aurais dû (mais je n'avais que seize ans) me rappeler la banale maxime latine qui proclame: *ex nihilo nihil*, et ne pas, comme tant d'amoureux, croire pouvoir tirer quelque chose de rien, voir dans une simple rencontre sans conséquence le premier jalon d'un amour inévitable: mon naïf enthousiasme avait construit en un tournemain un château de sable que le vent de la vraie vie détruisait d'un seul coup!

«Et puis qu'est-ce que tu en penses?» demanda Jean qui s'était à peine "accroché" comme on disait, et qui levait vers moi des yeux arrondis par une légitime fierté.

Les malades demandent souvent à un autre médecin que le leur ce qu'on appelle une seconde opinion. Malade d'amour, n'étais-je pas autorisé à demander moi aussi un deuxième avis? Surtout que Jean était fort expérimenté dans les choses de l'amour car il était un des anciens mousquetaires qui avait le plus de succès avec les filles. Au lieu de le féliciter de sa prestation, je le déçus en lui disant, obsédé par mes préoccupations:

«Tu oublies une chose, elle m'a laissé son numéro de téléphone.

– Pour se débarrasser de toi.

– Mais elle m'a demandé le mien pour que je ne sois pas obligé d'appeler et qu'elle puisse, elle, le faire.

– C'est classique, Marc! *Don't call me, I'll call you.*»

Il sourit, découragé de ma naïveté, puis alluma sa belle pipe, dont l'usage, jusque-là réservé à nos grands-pères, était pour un temps redevenu à la mode autour des années 67. Il exhala une grosse et fort odorante bouffée de fumée de tabac *Amphora* rouge, dont il avait bourré sa pipe en bavardant. Il déclara:

«Moi, j'ai un truc. Et il est infaillible.

– Un truc? Lequel?

– J'attends toujours que ce soit la fille qui me demande mon numéro de téléphone.»

Je sus tout de suite que ce truc infaillible ne marcherait pas avec moi. Si je le suivais, je sécherais toute ma vie. Parce que moi, je n'étais pas comme Jean. Lui, avec son beau front large, ses yeux de velours bruns protégés par de vrais cils de filles – qui justement les faisaient toutes craquer! –, ses lèvres rouges parfaitement dessinées et ses cheveux noirs dont les frisettes étaient romantiques à souhait, il était beau. Alors que moi, je ne l'étais pas, malgré les prétentions de ma mère.

Elle me serinait en effet de ses compliments non pas tant par aveuglement maternel mais pour me préparer au choc que j'éprouverais lorsque les vraies filles – qui justement n'étaient pas elle – me diraient leur opinion au sujet de ma beauté et me la diraient de la pire manière possible, c'est-à-dire en ne me disant rien, en m'ignorant, en repoussant mes avances.

D'ailleurs n'était-ce pas cette secrète conviction chez moi qui, plus que le désir de satisfaire mon père, m'avait poussé à exceller dans mes études, parce que je savais que pour plaire je ne pourrais pas me contenter d'être beau comme d'autres plus privilégiés que moi? Il me faudrait conquérir autrement l'admiration des autres, à la force du travail, au mérite.

Je parvenais pourtant à me consoler de ma disgrâce. Si l'adulation que, jeune, on reçoit des autres, et la plupart du temps de nos parents, peut nous insuffler la confiance qui nous permettra de surmonter plus tard toutes les épreuves, elle peut aussi sans doute tuer dans l'œuf toute ambition véritable.

Balzac sans doute accusa-t-il en ces termes sa mère, qui lui avait préféré son frère: «Je dois à ma mère tous mes malheurs.» Mais ne lui devait-il pas aussi son génie, vaste cri de révolte d'un mal-aimé qui chercha dans des milliers d'autres femmes – ses lectrices – le légitime amour que sa mère lui refusa?

Lorsque Jean repartit, je pensai que Cocteau avait raison lorsqu'il déclarait que les privilèges de la beauté étaient immenses. Je le découvrais à mes dépens. La chance de mon ami Jean me parut grande.

Elle me parut plus grande encore lorsque j'allai m'examiner dans la glace de la petite toilette que mes parents avaient aménagée pour moi au sous-sol, dans ce que nous appelions la «salle de lavage».

Je me regardai longuement. (Un observateur extérieur eût pu voir du narcissisme dans ce qui n'était que la plus sévère des condamnations). S'il est vrai que l'ensemble ne me déplaisait pas, des détails en revanche m'agaçaient énormément, et au premier chef mon nez qui me désolait, surtout de profil.

L'angle qu'il formait avec mon front me paraissait tout à fait inconvenant, inharmonieux.

Il n'était pas retroussé, certes, en fait il était droit. C'est l'angle de sa racine qui était fautif: il pointait un peu trop vers le haut, si bien que de face on voyait légèrement mes narines.

Or, pour moi, le canon du beau dans un nez était justement que de face les narines fussent parfaitement invisibles, comme les nez des statues grecques que j'avais pu admirer pendant que, comme on disait à l'époque, je faisais mes humanités.

Mon nez, me dois-je d'ajouter, n'avait aucune commune mesure avec, par exemple, le célèbre appendice nasal de Cyrano et, si j'ai bonne mémoire, ne me valut jamais aucun quolibet ni même une remarque désobligeante.

En fait, s'il n'était pas parfait, il n'avait rien de remarquable, ni en bien ni en mal. Ce n'était en somme qu'un nez comme tant d'autres. Mais je le voyais avec la loupe démesurément sévère de mes yeux d'adolescent, avec cette conscience de soi qui n'a rien de celle, fort louable et philosophique, que l'on doit rechercher toute sa vie, et qui s'attache à l'âme plutôt qu'à son enveloppe. Mais l'inévitable travers de l'adolescence me poussait vers le contraire de cette instructive conduite.

Pascal a dit, dans une de ses pensées fameuses: «Le nez de Cléopâtre eût-il été différent, le cours de l'histoire en aurait été changé.» Je suis bien conscient que, parfait ou non, mon nez n'aurait eu nulle influence sur le cours de l'histoire.

De toute manière, les affaires de ce monde ne m'ont jamais intéressé: au collège, parce que j'étais premier, on m'avait offert sur un plateau d'argent la présidence de ma classe, mais j'avais décliné cette charge prestigieuse non pas par timidité, mais simplement parce que les honneurs ne m'intéressaient pas, parce qu'il me semblait que mon royaume n'était pas de ce monde. Ce qui m'intéressait c'était les idées, et le temple de papier qui nous permet d'y accéder: les livres, objets simples, maniables, fragiles et pourtant magiques. Platonicien sans m'en rendre compte, j'accordais aux idées plus d'importance, plus de réalité qu'aux choses véritables, peut-être même qu'aux êtres.

Mon nez n'avait pas la lourde tâche, comme celui de la célèbre reine égyptienne, de plaire à César ou à Antoine mais mon histoire personnelle, je crois, fut dans une certaine mesure affectée par ce qui me paraissait être son imperfection.

Aujourd'hui, je suis réconcilié avec mon nez. Je me suis habitué à vivre avec lui comme avec la plupart de mes autres défauts qui, avec l'âge cependant, ont la fâcheuse propension de s'accentuer: et on dit que la vie commence à quarante ans! Même, d'une certaine manière, je suis reconnaissant à mon nez de son imperfection.

Car, s'il avait été parfait, je ne sais pas si je me serais donné tant de mal pour tenter de m'illustrer, pour avoir une carrière littéraire, pour aboutir, après vingt ans d'efforts longtemps stériles, à ce qui ressemble à un peu de talent.

Comme la petite taille chez bien des grands hommes – comme chez mon idole de jeunesse: Sartre, à la stature lilliputienne – mon nez que je trouvais gros exaltait mes efforts compensatoires. En somme il était – ou plutôt la perception complexée que j'en avais était – le tour curieux mais subtil que mon destin me jouait pour s'accomplir.

Mais à seize ans, devant cette glace ingrate qui me renvoyait une image si peu flatteuse, je ne voyais pas les choses de la même manière, je ne voyais pas que ce défaut était le secret allié qui m'aiderait, pour utiliser la belle formule nietzschéenne, à devenir ce que j'étais.

Et rétrospectivement, je me rends compte que sans doute il valait mieux qu'il en soit ainsi car sinon l'astuce du destin, éventée par ma sagesse prématurée, aurait été inopérante. Sans complexe, je n'aurais pas tenté de me surpasser.

On dit qu'avant de choisir un corps nouveau l'âme est informée de la mission qu'elle devra accomplir sur terre, des obstacles et des malheurs qu'elle rencontrera.

Mais on dit également qu'à la naissance l'âme, sauf dans les cas d'exception comme les grandes vocations, oublie toutes ces précieuses informations, ce qui a pour résultat que la plupart des hommes ne savent pas ce qu'ils sont venus faire sur terre.

Ce qui permet aussi, dit-on, de ne pas trop décourager l'âme devant l'ampleur du fardeau qui l'attend. Peut-être en est-il de même avec nos défauts, nos contrariétés, nos maladies et surtout nos échecs: si on savait dès le départ la leçon qu'ils sont censés nous enseigner, si nos défauts nous paraissaient risibles, nos malheurs dérisoires, s'ils ne nous atteignaient pas plus que nous touchent les infortunes d'un Martien, nous n'apprendrions pas la leçon qu'ils recèlent.

De la boue de la vie, du vil métal de l'existence, nous ne tirerions pas l'or bel et noble que nous vaut notre aveugle vaillance. Nous serions sages déjà: auquel cas, nous n'aurions peut-être plus rien à faire ici-bas!

Je tentai de trouver un peu de réconfort en tournant la tête et en regardant mon nez du bon «côté», car il me semblait que j'avais un profil plus avantageux que l'autre.

Mais je n'y trouvai guère de consolation. Non, j'avais vraiment un problème nasal... Je me remis de face, touchai à mes cheveux. Eux non plus ne m'enchantaient pas: trop épais, indisciplinés, frisés, ils me semblaient que, sans être hirsutes, ils poussaient dans toutes les directions.

Je les portais assez longs, selon les canons de la mode lancée par les Beatles et les Rolling Stones, pas tout à fait aux épaules, mais dans le bas du cou, comme mon idole Paul McCartney.

Pourquoi chercher plus loin les raisons de la rebuffade de Brigitte: elle était devant moi, dans le reflet de cette impitoyable glace!

Chapitre 11

Le temps, dit-on, est le meilleur remède. Je laissai donc passer quelques jours, confiant que de toute manière je finirais par ne plus penser à «la fille de l'expo», selon l'expression avec laquelle mes amis s'étaient mis à me taquiner.

Mais je pensais toujours à elle, ce qui n'était pas sans me causer un certain étonnement. Après tout, je ne l'avais vue qu'une malheureuse petite heure. Je ne vois pas pourquoi je dis: malheureuse puisque précisément cette heure avait été une des plus heureuses de ma vie, et en même temps l'expression est peut-être fort juste, plus que juste même: prémonitoire! N'annonce-t-elle pas la destinée de mon amour pour elle, un amour qui semblait bien n'aller nulle part, et qui pourtant, comme ces surprenantes plantes des hautes montagnes qui poussent sur les rochers les plus dénudés, se nourrissait de la substance infime et pourtant apparemment inépuisable de cette brève rencontre?

Peut-être étais-je tombé amoureux comme tombe malade le voyageur téméraire à qui il a suffi de boire une seule gorgée d'eau douteuse: imprudence mineure en apparence, sauf si on se rappelle qu'une goutte d'eau peut à elle seule renfermer des milliers de microbes!

Du reste le souvenir que je conservais de Brigitte s'effaçait petit à petit. Pour le raviver, je contemplais le seul objet tangible que je conservais de notre brève rencontre: le précieux bout de papier qui, déjà éventé, exhalait de moins en moins son suave parfum. J'empruntai celui de ma sœur Suzanne et j'en vaporisai délicatement le billet pour lui redonner toute sa fragrance originale: je me servais de *L'Air du temps* pour combattre ses ravages!

Mes amis consultés m'avaient tous représenté qu'il était vain de faire de nouvelles tentatives auprès de Brigitte, qu'il valait mieux attendre son appel, qui d'ailleurs ne viendrait probablement pas. Pourtant au bout d'une semaine sans nouvelle, n'y tenant plus, j'allais faire une nouvelle tentative lorsque l'arrivée inopinée de Pierre m'en dissuada.

Futur comptable, Pierre possédait déjà, jeune, ce bon sens qui, bien qu'il ne nous ait jamais valu de chef-d'œuvre dans aucun domaine, nous épargnerait bien des chagrins inutiles si seulement nous voulions en écouter plus souvent la voix.

«Tu sais, dit-il avec une maturité surprenante, en amour il faut être scientifique.

– Scientifique? demandai-je un peu étonné parce que je n'avais jamais entendu cette expression, du moins en ce qui concernait l'amour.

– Oui, scientifique. Il faut que tu te fies aux faits. Ce qui est une perte de temps et d'énergie c'est de se poser toutes sortes de questions. Raisonne un peu. Si cette fille était intéressée à toi, elle accepterait tes invitations. Si elle ne les accepte pas c'est qu'elle n'est pas intéressée, et tu ne seras jamais heureux avec une fille qui n'est pas vraiment intéressée à toi, d'ailleurs ça se voit, elle te rend déjà malheureux, justement parce qu'elle n'est pas intéressée à toi. C.Q.F.D. (Ce qu'il fallait démontrer).»

Il avait sans doute raison. Mais je restais persuadé que mes amis et lui avaient tort, et pourtant ils m'avaient de concert convaincu d'une chose: c'était de ne plus m'exposer au ridicule en téléphonant à nouveau à Brigitte.

Peu à peu, j'en venais à accepter l'idée que je m'étais trompé, que mon intuition m'avait joué des tours lorsque, un mardi soir, ma sœur Suzanne m'annonça que j'étais demandé au téléphone.

Elle me prévint du même coup de me «dépêcher», parce qu'elle attendait un coup de fil de Jacques Hébert, et que s'il appelait, il fallait que je lui dise... qu'elle n'était pas là!

Je ne cherchai pas trop à comprendre la bizarrerie de ses instructions paradoxales, me contentai de répondre, pensant que ce devait être Maurice qui était d'ailleurs supposé m'appeler. Mais j'eus un choc: c'était Brigitte.

J'étais doublement surpris: non seulement avait-elle retenu mon numéro de téléphone, – avec cette mémoire dont j'avais douté qu'elle fût d'éléphant – mais elle m'appelait.

«Marc...

– Oui, c'est moi...

– Bon, j'avais dit que je t'appellerais, alors je t'appelle.

– Ah! c'est gentil. Je ne m'attendais plus... Enfin je veux dire je suis très content...»

Elle ne disait rien. Je craignis qu'elle ne raccrochât à nouveau, comme les premières fois.

«Est-ce que tu as envie de faire une petite promenade? tentai-je.

– Je... je ne crois pas que ce soit une bonne idée.

– Pourquoi dis-tu ça? J'ai tellement de choses à te dire.

– Tu dis ça parce que tu ne me connais pas.

– Il me semble au contraire que je te connais depuis toujours.

– Si tu me connaissais depuis toujours, tu n'aurais peut-être pas envie de me rencontrer ce soir. Parce que tu saurais qui je suis vraiment. Et peut-être que tu serais déçu.

– Au contraire, je suis sûr que je serais enchanté. Je suis sûr que tu es encore mieux que ce que je pense.

– Tu penses que je ne suis pas bien?

– Mais non, ce n'est pas ce que j'ai voulu dire!

– Je sais, je sais. Je te taquine. Écoute, j'avais juste envie de parler un peu, j'avais un peu les idées noires ce soir. Mais pour la promenade, merci. Peut-être une autre fois.

– Écoute, je ne veux pas avoir l'air d'insister, mais je suis sûr que la promenade te ferait un bien immense.

– Comment peux-tu dire ça?

– Parce que je suis justement un spécialiste des idées noires.

– Si tu es déprimé toi aussi, je ne crois pas que ce soit une bonne idée qu'on se voie, tu vas me déprimer encore plus.

– Non, ce que je veux dire, c'est que je suis un spécialiste pour remonter le moral des gens. Tous mes amis viennent me consulter pour que je les aide.

– Je ne sais pas si tu vas m'être d'une grande aide, je suis un problème ambulant.

– Rien de mieux que d'essayer tout de suite le traitement. Si ça ne fonctionne pas, je te rembourse. Tu n'as rien à perdre.»

Elle rit, et son rire me mit la joie au cœur.

«Bon, dit-elle, tu m'as convaincue. Va pour un traitement.»

Elle me proposa alors de la rencontrer une demi-heure plus tard dans un petit parc du quartier qui se trouvait à mi-chemin entre nos demeures respectives.

En raccrochant, j'étais presque en état de choc, même si ce qui m'arrivait était inespéré. Mon premier soin fut de me précipiter dans la salle de bain pour m'examiner devant une glace qui me renvoya de moi une image qui me déplut.

C'était mes cheveux surtout: ils étaient ce soir-là vraiment trop épais, trop frisés.

Mon ami Jean m'avait quelques semaines auparavant suggéré un truc capillaire qui m'avait semblé trop ridicule pour même songer l'utiliser et qui pourtant lui réussissait à merveille: pour aplatir ses cheveux que, tout comme moi, il trouvait trop frisés, il portait une tuque de laine pendant leur séchage.

À court de temps, il me sembla que je n'avais pas le choix: je retournai dans ma chambre et, dans le dernier tiroir de ma vieille armoire, je mis la main sur une tuque dont la taille et la forme me parurent parfaites.

Je me douchai, me peignai le plus soigneusement possible puis revêtis cette tuque, et j'attendis, consultant régulièrement mon réveil. Au bout de sept ou huit minutes, je retirai la tuque pour apprécier le résultat: j'étais enchanté.

Maintenant lisses, mes cheveux brillaient d'un éclat nouveau que je n'aurais jamais cru possible, et les vilaines frisettes qui me désolaient tant étaient presque disparues.

On aurait dit que je sortais non pas de chez mon coiffeur mais de chez un véritable magicien. Surtout, mes cheveux formaient sur ma tête une masse moins épaisse, et même, aubaine inattendue, mon front paraissait tout à coup plus large. (Je l'avais toujours trouvé trop étroit et m'en inquiétais parce, dans ma découverte récente de la phrénologie, j'avais constaté que presque tous les génies que j'admirais étaient nantis d'un front magnifique)!

Je me rengorgeai de ce succès d'autant plus méritaire qu'il s'agissait de ma première tentative. Mais ma chevelure n'était pas encore complètement sèche, et pendant que je la contemplais, je me rendis compte qu'elle commençait à gonfler de manière inquiétante. Je m'empressai de remettre la tuque. Je jetai à nouveau un coup d'œil à mon réveil: le temps avait filé à toute allure.

Je retournai à ma chambre dans ce ridicule accoutrement, espérant que personne ne descendrait au sous-sol. Je jouai de malchance. Ma sœur Élisabeth arriva en trombe.

«Qu'est-ce que tu fais là avec une tuque en plein été? Est-ce que tu es tombé sur la tête?

— Ne dis rien à personne, tu me jures?

— Tu me donnes combien?»

Ce qu'elle était mercantile! Elle n'avait pas encore dix ans, et elle voulait me vendre son silence, en un mot me faire chanter! Je n'eus pas envie de lui faire un sermon sur la décadence révoltante de sa moralité – le temps m'aurait manqué de toute manière – et, à la place, je lui tendis un billet d'un dollar que, les yeux arrondis, elle fit disparaître illico dans sa poche. Puis réprimant difficilement un fou rire, elle disparut, exaltée par ce gain inattendu.

Il fallait que je m'habille à toute vitesse maintenant, que je choisisse les vêtements appropriés. Jamais ma garde-robe ne me parut aussi limitée.

J'arrêtai bientôt mon choix sur une combinaison à laquelle je recourais très souvent: un pantalon matelot marine (c'est-à-dire à pattes d'éléphant, donc très large dans le bas, mode qui aujourd'hui ferait sans doute sourire comme l'actuelle mode de vêtements noirs paraîtra sinistre ou ridicule à nos neveux) et une chemise de coton blanche à manches longues dont je repliais trois fois les poignets en une élégance que je trouvais très cool.

Je retournai en vitesse dans la salle de bain, retirai ma tuque. Je me rendis compte que je l'avais portée trop longtemps.

J'étais atterré.

Maintenant mes cheveux étaient complètement aplatis, ce qui du reste était le plus visible au niveau de la raie, que je portais à gauche.

Je m'emparai d'une brosse, tentai de leur redonner du volume. Mais ils avaient le pli, maintenant, et j'avais l'air de quelqu'un qui portait une vilaine perruque.

Je compris vite qu'il ne me restait plus qu'à humecter à nouveau mes cheveux, ce que je m'empressai de faire, puis sans avoir le temps de les sécher, je courus vers le lieu de mon rendez-vous!

J'arrivai un peu en retard.

Brigitte n'était pas là.

Je m'affolai.

Était-elle arrivée à l'heure – pire encore à l'avance – et, contrariée par mon retard, surtout à un premier rendez-vous qu'elle avait hésité à m'accorder – avait décidé de ne pas m'attendre? Mon cœur à nouveau palpitait. Je m'assis sur un des nombreux bancs du parc, et regardai en direction du boulevard Lévesque, d'où elle arriverait, si du moins elle n'était pas déjà repartie.

Rien.

Cinq minutes s'écoulèrent.

Puis enfin au loin, une silhouette, trop lointaine pour que je puisse savoir si c'était elle, si même c'était un homme ou une femme...

Mais la silhouette se rapproche, la forme se précise, et je vois bientôt que c'est une fille, et je vois bientôt que c'est elle, serrée dans un simple jean et un chandail vert pomme assez moulant. Joie banale, minuscule si je puis dire, et pourtant tellement grande: l'attente et l'angoisse prennent fin, et l'autre, que l'on n'espérait plus, arrive enfin!

Quelques minutes plus tard, et elle était devant moi!

Je l'avais trouvée belle le premier jour, je la trouvais encore plus belle dans la lumière déclinante de cette magnifique soirée d'été. Il me semblait que ses yeux d'un bleu sombre étaient encore plus bleus, ses lèvres plus rouges, sa peau plus lumineuse. Quant à ses taches de rousseur, elles me ravissaient encore plus que le jour de notre rencontre.

Ses joues en paraissaient saupoudrées, et j'avais presque envie de les lécher même, comme s'il s'était agi de petits gâteaux. Retenus dans son dos en une magnifique tresse, ses cheveux étaient moins spectaculaires que la première fois, mais cette nouvelle coiffure ne me déplaisait pas: elle soulignait encore mieux la perfection de son visage.

Après une hésitation, je me levai, allai vers elle. Je ne savais si je devais lui serrer la main, – ce que je trouvai ridicule et trop formel –, ou l'embrasser, ce qui me parut par trop audacieux. Je décidai de ne rien faire.

«Bon, je suis ici: je t'écoute», dit Brigitte.

C'était dit d'une manière une peu brusque, impatiente, comme si elle regrettait finalement de m'avoir accordé ce premier rendez-vous auquel elle mettrait fin dès mon premier faux pas. Ma victoire me paraissait bien fragile: je m'étais réjoui un peu tôt, ce qui vaut sans doute mieux que de s'en faire avant que les choses ne tournent mal, mais en revanche nous réserve des déceptions plus amères que si une prévoyante placidité nous avait fait la tête froide. Mais la manière de garder la tête froide lorsqu'on a seize ans et qu'on est amoureux pour la première fois?

«Euh... je... on pourrait peut-être marcher un peu.

– Tu veux voir si je marche?»

Décidément, elle ne me laissait guère de chance. À l'époque, lorsqu'on évoquait une fille, on disait qu'elle marchait quand elle se laissait embrasser, mieux encore caresser. Dans notre jargon un peu ridicule, – et d'un romantisme à tout le moins douteux! – on demandait presque invariablement d'une fille si elle «frenchait» ou si elle se «laissait poigner», sous-entendu: les seins. Si ce n'était pas le cas, on la condamnait presque toujours en la déclarant «stuck-up», qu'on pourrait traduire librement en disant qu'elle était poignée justement parce qu'elle ne se laissait pas poigner!

«Mais non, je... il fait beau, je pensais...

– Je vous suis, docteur...»

Je dirigeai nos pas vers la rue Notre-Dame-de-Fatima.

«Me donneriez-vous quelques détails sur votre personne pour mieux compléter mon dossier?» dis-je en affectant une voix très sérieuse, comme si je m'adressais à une patiente.

Elle joua volontiers le jeu:

«Je m'appelle Brigitte Martin. Profession: secrétaire. Âge: 17 ans. Anniversaire: le 31 juillet. Signe du Lion.»

J'étais à la fois ravi et terrorisé. Elle était en effet plus âgée que moi, d'un an et huit mois en fait.

Lorsque viendrait juillet, elle passerait de la dix-septième à la dix-huitième, me laissant, affolé et embarrassé, bien loin derrière elle! Lorsque nous sortirions ensemble – on voit que les ailes de l'amour m'avaient déjà transporté bien loin dans l'avenir! – pendant huit mois je passerais pour avoir deux ans de moins qu'elle!

«Et vous, docteur? Puis-je en savoir un peu plus long sur votre cas?»

Je déclinai mon nom, mon signe astrologique, mon âge.

«Oh, on aime les femmes plus âgées!

– Ça te dérange?

– Non. C'est secondaire.»

Mais il me sembla qu'elle se rembrunit, qu'elle était déçue d'apprendre que je n'avais que seize ans, comme si, au départ, elle m'avait cru plus âgé... D'ailleurs m'aurait-elle rappelé si elle avait su mon âge?

Quelques pas silencieux, puis Brigitte me prit au dépourvu en me demandant à brûle-pourpoint:

«Qu'est-ce que tu lis ces jours-ci?

– Ce que je lis? Euh...»

J'avais toujours lu avec voracité – et ma longue convalescence m'avait permis de le faire encore plus – et pourtant, je fus incapable de citer aucun livre.

«Moi, je suis très excitée, dit-elle, je viens de terminer *Le Troisième Oeil*. Est-ce que tu l'as lu?»

Le Troisième Oeil, de Lobsang Rampa, était le livre à la mode que presque tout le monde avait lu. Le lama au crâne rasé, qui pouvait se targuer de compter autant d'admirateurs que de détracteurs – ce qui est le signe le plus sûr de la célébrité –, racontait dans son livre autobiographique comment, jeune, il avait été initié dans un temple tibétain à diverses méthodes spirituelles.

«Est-ce que tu crois au voyage astral?» demanda avec enthousiasme Brigitte.

– Oui, je crois que c'est possible.

– Moi, je crois qu'on en fait toutes les nuits lorsqu'on s'endort. On pense rêver mais en fait notre corps astral s'évade de notre enveloppe physique et part vers l'au-delà.

– Oui, je le crois moi aussi...»

Je la regardai avec surprise. Franchement, elle m'épatait! Lorsque j'avais appris qu'elle était secrétaire, je n'avais pu, dans ma mentalité de petit-bourgeois – expression populaire à l'époque où fleurissaient deux des plus étonnantes illusions de l'histoire: le maoïsme et le marxisme –, me défendre contre un mouvement de déception.

Mais je me rendais compte, à ma courte honte, que je n'avais fait que céder à un préjugé par trop répandu, qu'en fait Brigitte possédait un esprit curieux et fort délié. Elle nota mon étonnement:

«Tu es surprise que je lise parce que tu crois que les secrétaires ne lisent pas?

– Non, non, protestai-je, je... pas du tout!»

Comment avait-elle fait pour deviner que ces pensées m'avaient effectivement effleuré? Elle était vraiment diabolique! Je savais maintenant que je ne pourrais plus jamais me passer d'elle.

Mon admiration pour elle s'accrut encore lorsqu'elle se mit à me parler d'abondance des révélations du *Matin des*

Magiciens. Cet étonnant ouvrage de Louis Pauwels et Jacques Bergier avait exalté toute une génération, et participait sans doute à ce vaste mouvement de vulgarisation de connaissances ésotériques entrepris avec l'arrivée de l'ère du Verseau.

Au nom du réalisme fantastique, les auteurs évoquaient la théorie des Neufs Inconnus, grands sages qui présidaient supposément aux destinées de l'humanité; la réalité de la pierre philosophale; le mysticisme luciférien derrière l'ascension de ce peintre raté qu'avait été Hitler à ses débuts; les 593 statues géantes de la minuscule île de Pâques qui ne pouvaient avoir été construites et érigées par la petite poignée d'aborigènes de cette oasis perdue dans le Pacifique, pas plus que ne pouvaient avoir été édifiées par les seuls Égyptiens les grandes pyramides, faites de pierres de dix mille kilos impossibles à hisser avec la technologie de l'époque, et qui donc l'avaient été par des mains plus savantes, plus puissantes: des mains venues d'ailleurs assurément.

Et que dire des énigmatiques figures de Nazcam, en Amérique du Sud, immenses dessins d'animaux, d'insectes, seulement visibles d'un avion et donc sûrement l'œuvre d'extraterrestres qui les utilisaient comme balises dans leurs étranges déplacements vers la Terre? Cette terre qui, nous le comprenions peu à peu grâce au réalisme fantastique, était bien petite dans ce vaste univers dont nous commencions seulement à percer quelques-uns des mystères...

La plupart des énigmes qui alimentaient alors nos conversations n'ont jamais été résolues et peut-être ne le seront jamais, et du reste personne ne semble s'en préoccuper: simplement elles ne sont plus dans le goût du jour, et n'intéressent maintenant plus qu'une élite, celle-là même peut-être qui les étudiait avant que la mode n'en vînt.

Plus je parlais avec Brigitte, plus je me rendais compte que ce n'était pas seulement sa beauté qui m'intéressait, mais comment dire: sa personnalité, son essence, son âme.

Peut-être du reste sa beauté n'avait-elle été que le piège utilisé avec moi par le destin pour me conduire jusqu'à elle, et si je la trouvais si belle, c'était peut-être parce qu'elle m'était destinée.

Je ne veux pas dire par là qu'elle n'était pas *objectivement* belle. Elle l'était assurément, je le voyais par les regards qu'elle attirait, – à moins que ce ne fussent des regards étonnés parce que ceux que nous croisions se demandaient ce qu'une fille pareille pouvait faire avec un garçon aussi quelconque que moi! Mais sans doute personne ne la trouvait belle autant que moi.

Je m'apercevais qu'elle était parfaite pour moi, qu'elle était pour ainsi dire la compagne qu'il me fallait, et que je trouvais d'ailleurs par une chance inouïe, sans l'avoir jamais vraiment cherchée.

Brigitte n'était pas seulement extrêmement belle, avec sa peau lumineuse comme la naissance du jour, sa chevelure flamboyante, elle pouvait me comprendre, en tout cas elle avait les mêmes intérêts, lisait les mêmes livres, que tout le monde lisait peut-être puisqu'ils étaient à la mode: mais au moins les lisait-elle! Mais ne me trouverait-elle pas trop jeune, beaucoup trop jeune pour elle, puisque je savais que les filles, plus précoces, plus matures que nous, préféraient en général sortir avec des garçons plus âgés, car elles voulaient à dix-huit ans ce que nous voulions à vingt-cinq? Ce premier rendez-vous, que je n'espérais plus, ne serait-il pas le dernier?

Chapitre 12

Notre promenade pourtant se poursuivait, et sur Notre-Dame-de-Fatima, que nous remontions, nous fîmes la rencontre du «fou de Notre-Dame».

Le fou de Notre-Dame était un garçon de quatre ou cinq ans notre aîné, que nous appelions ainsi en raison de son étrangeté et de la rue où il habitait: Notre-Dame-de-Fatima. À l'époque, la rectitude politique n'avait pas encore été inventée et pour nous cet être curieux, filiforme et gauche était tout simplement un arriéré mental que ses parents, découragés devant ses échecs répétés, avaient retiré de l'école.

Malgré son abondance, sa noire chevelure hirsute ne parvenait pas à cacher chez lui une autre injustice de la nature: il était né en effet avec l'oreille droite complètement mutilée. Lorsque nous étions enfants, la vue de cette oreille, striée de veines virulentes, nous effrayait presque autant que les grognements gutturaux que le fou de Notre-Dame poussait lorsque nous nous approchions trop près de lui.

Malgré son allure sinistre et la fixité de son regard noir, il était inoffensif et jamais dans le quartier aucun geste violent ne lui avait été attribué.

Devant la maison du fou de Notre-Dame tout était calme lorsque Brigitte et moi y passâmes. Cependant ma compagne aperçut alors, au bord de ce que nous appelions la «chaîne du trottoir» et qui n'était que l'étroite bordure cimentée de la rue qui tenait en fait lieu de trottoir, trois ou quatre répliques métalliques de camions miniaturisés: des *dinky toys*. Elle se pencha pour les examiner, mais elle avait à peine posé la main sur un des petits camions jaunes qu'elle entendit derrière elle des cris.

Elle se releva et, sans y penser, garda dans sa main un *dinky toy*. Devant elle, le regard étincelant, la tignasse effrayante, se dressait le fou de Notre-Dame en personne!

Ces petits jouets lui appartenaient et, à vingt ans, il s'amusait encore à les faire rouler dans la rue, se rendant parfois, dans ses étonnantes expéditions, jusqu'au boulevard de la Concorde qui était à plus de mille mètres!

«C'est le fou de Notre-Dame», expliquai-je à voix basse à Brigitte qui visiblement ne le connaissait pas.

– C'est un fou? s'enquit-elle affolée.

– Ne t'en fais pas, il n'est pas dangereux.»

Elle n'avait pas l'air convaincu. Il faut dire que maintenant le fou levait vers elle un bras menaçant en continuant de pousser des cris rauques.

«C'est le jouet! Il veut son jouet. Donne-le-lui...»

Elle le tendit en tremblant dans sa direction puis, dans son extrême nervosité, l'échappa. Il se pencha pour le ramasser, se releva aussitôt et s'approcha de nous. Brigitte me prit alors par le bras et m'entraîna, visiblement effrayée. Le fou prit le parti de nous suivre, et il brandissait son petit camion jaune en disant de manière plus ou moins intelligible:

«Joue, moi, joue, moi...

– Qu'est-ce qu'il veut?

– Il veut jouer avec nous, tout simplement», expliquai-je.

Il nous fallait presser le pas. Une fois le fou distancé, nous pûmes ralentir. Il se passa alors quelque chose de tout à fait inattendu, de charmant, de troublant: Brigitte qui m'avait pris par le bras pour fuir le fou, l'abandonna dès qu'elle fut rassurée, ce qui me désola, mais seulement un instant, car ce fut aussitôt pour serrer ma main dans la sienne.

Je n'en revenais pas!

Elle prenait ma main, entrelaçait ses doigts aux miens, comme une amoureuse! Geste banal, j'en conviens, mais il faut se rappeler que, quelques minutes plus tôt, cette fille m'envoyait presque promener en m'expliquant que toute liaison entre nous était impossible.

Un instant je crus que je rêvais, que cette volte-face surprenante était irréelle, que j'allais me réveiller et constater que je n'avais vécu là qu'un phantasme. Mais non! Je regardais sa main gauche, qui serrait ma main droite le plus naturellement du monde. Les passants qui nous croisaient devaient d'ailleurs penser que nous étions des amoureux qui faisaient leur petite promenade du soir.

J'aurais peut-être dû me pincer pour bien me rendre compte que je ne rêvais pas. Mais ce n'était pas nécessaire. En effet, une modification bien précise de mon anatomie s'était opérée, qui ne pouvait mentir: j'étais en érection.

Je savais que j'étais amoureux de cette fille, mais je ne savais pas à quel point elle me faisait de l'effet. Elle n'avait qu'à me tenir par la main! La chose aurait sans doute pu me réjouir en d'autres circonstances, mais en cette première rencontre, au beau milieu de la rue, j'étais plutôt embarrassé.

Certes le soleil se couchait, mais sa lumière était encore bien assez vive pour que Brigitte, si elle jetait un coup d'œil au-dessous de ma ceinture, se rende compte de l'état dans lequel elle m'avait plongé. La fine toile de mon pantalon matelot, que j'avais toujours adorée, pour sa légèreté, sa souplesse, maintenant je l'abhorrais: pourquoi ne portais-je pas un pantalon plus lourd en velours côtelé qui n'eût pas trahi mon état?

Je tentai de me concentrer mais bien inutilement. Pour me calmer, il aurait fallu que j'abandonne la main de Brigitte. Mais cela, je ne le voulais pas. Ne croirait-elle pas que je la repoussais, que je ne voulais pas d'elle, que je souhaitais entre elle et moi un amour purement platonique?

Si au moins j'avais porté ma veste: j'aurais pu discrètement me servir de son pan pour voiler ma gênante virilité. À la place, je tentai de rentrer légèrement le bassin, de me courber un peu. Je poussai trop loin sans doute cette malhabile tentative de camouflage, car Brigitte s'inquiéta:

«Qu'est-ce que tu as? Tu as mal au dos?

– Non, non, lui assurai-je.

Et je me redresse et je priai le ciel de reprendre un certain empire sur moi-même. Je le priai également de faire que Brigitte ne remarque pas mon état. Je m'efforçai de faire une diversion:

«Regarde comme le coucher de soleil est beau...»

Je n'inventais rien: il était magnifique en effet dans ses teintes d'or et de rose si superbement mêlées que toute toile, même celle du plus grand peintre, me semblait pâle en comparaison de ce chef-d'œuvre presque quotidien, du moins au cours des mois d'été.

«C'est vrai que c'est beau... Moi, je pense en tout cas que ce serait mon heure préférée pour mourir...

– Moi aussi», dis-je un peu distraitement car je venais d'avoir une autre idée.

Il fallait que Brigitte regarde du côté opposé à moi. J'en profiterais pour glisser subrepticement ma main dans mon pantalon et tenter de corriger la situation en atténuant cette gênante protubérance. Si elle la remarquait malgré tout, Brigitte pourrait alors l'attribuer à quelque mauvais pli de mon pantalon.

«Regarde, dis-je en tournant la tête vers la droite, le nuage là-bas, il est vraiment étonnant... Je me demande si c'est un cumulus...»

Brigitte regarda à droite le ciel superbe dans lequel, en un poudroiement de lumière vraiment saisissant et pourtant banal, les vastes nuages étaient illuminés par les rayons ascendants du soleil déclinant, ce qui leur conférait une beauté presque surréelle, biblique, suis-je tenté de dire, même si à ce moment je pensais à tout sauf à la Bible.

Je glissais ma main dans mon pantalon lorsque Brigitte se retourna vers moi et déclara avec assurance:

«Ce sont des cumulonimbus.»

Je retirai ma main le plus rapidement possible, juste à temps pour que Brigitte ne pût voir d'où elle sortait. L'embarras de mon sourire l'intrigua:

«Tu n'es pas d'accord?

– Oui, oui, tout à fait.»

Je fus sauvé par un conducteur imprudent qui freina bruyamment à notre droite sur le boulevard de la Concorde que nous avions atteint depuis quelques minutes. Curieuse, Brigitte se tourna pour voir ce qui se passait, et j'en profitai pour «rétablir» enfin la situation. Le crissement des pneus sur la chaussée s'apaisait, et il ne fut pas suivi du son d'une collision.

«Incroyable! me dit Brigitte en se tournant vers moi. Ça ne tient pas à grand-chose la vie... Une seconde de plus et ça faisait boum!

– Non, c'est vrai», dis-je...

Elle soupçonna que je n'avais rien vu, mais n'osa pas le vérifier. Pourtant, il me sembla qu'elle en prit ombrage, comme si elle se désolait que je n'aie pas participé à son étonnement. En tout cas, elle laissa ma main, et ce petit geste causa en moi un grand remuement.

À vingt ans et plus de distance, je ne puis que m'étonner de la vivacité des émotions de cet âge. Un rien me bouleversait, mais en revanche un rien me ravissait aussi!

Penser – et aimer: c'est peut-être la même chose, du moins à seize ans – fait souffrir. C'est ce que la sagesse orientale proclame, qui prône le silence intérieur. Et c'est surtout ce que je constatais à mes dépens dans la situation.

Car affaibli par les battements désordonnés de mon cœur malade, et persuadé, comme un maniaque, que tout a un sens, même le plus infime, le plus banal détail, je pensais: *elle a laissé ma main, peut-être est-elle fâchée contre moi, à cause de ce qui vient de se produire, cet accident qui n'a pas eu lieu!*

Peut-être – et cette perspective est encore plus affolante – regrette-t-elle de m'avoir pris par la main. Peut-être en un mot a-t-elle changé d'idée à mon sujet, est-elle revenue à ses sentiments premiers à mon endroit: c'est-à-dire pas de sentiment du tout!

Pour achever de m'angoisser, je me rappelai alors la mésaventure de Maurice avec Verte qui, en une subite volte-face, l'avait éconduit.

Brigitte s'apprêtait-elle à me faire subir le même sort, à me dire qu'elle était désolée mais qu'elle avait fait à mon sujet une regrettable erreur (bien mineure, bien innocente si on y pense: me tenir par la main quelques minutes!) et que mieux valait tout oublier et ne plus se revoir?

D'ailleurs, mes inquiétudes se trouvèrent pour ainsi dire confirmées lorsqu'elle m'annonça un peu sèchement, il me semble:

«Bon, je crois que je vais rentrer maintenant.»

Sur le chemin du retour, je me préparais à la déclaration qu'elle allait assurément me faire, je me disais que je me devais de garder une certaine contenance, ne rien lui reprocher, en un mot de me montrer beau joueur malgré mon désarroi.

Je ne m'étais pas trompé.

Car arrivés au seuil de sa porte, elle me fit au sujet de notre promenade des commentaires si élogieux que je pressentis qu'elle allait les couronner d'un adieu, comme lorsque, le jour du licenciement, on dit à un employé qu'il est vraiment compétent, travailleur, brillant mais que malheureusement l'entreprise est forcée de se défaire de ses précieux services... et qu'il a une demi-heure pour mettre dans une boîte tous ses effets et quitter son bureau!

«J'ai beaucoup aimé marcher et parler avec toi, c'était vraiment chouette, mais je... je... Enfin écoute, dis-moi, qu'est-ce que tu fais samedi soir prochain?

– Samedi soir?

– Oui, samedi.

– Je ne sais pas, je...

– Tu es occupé?

– Euh, non, je n'ai rien. Absolument rien et même si j'avais quelque chose, je crois que je pourrais annuler.

– Est-ce que ça te dirait de venir avec moi à la danse à l'école Saint-Gilles? Tu pourrais me donner ma deuxième séance de thérapie...

– Euh, un docteur ne peut jamais refuser une patiente.

– Alors à samedi. Vingt heures. À l'école.»

J'allais me pencher vers elle pour déposer un baiser sur ses joues, mais elle tourna les talons en ce qui me sembla une virevolte rapide, et ajouta:

«En attendant, attention au fou de Notre-Dame...»

Sur le chemin du retour, j'étais dans un état d'exaltation extraordinaire. Contre toute attente, trois choses étonnantes s'étaient produites ce soir-là. Quatre même, si j'y pense:

1. Brigitte m'avait téléphoné;
2. Elle avait manifesté le désir de me voir;
3. Elle m'avait pris par la main pendant quelques précieuses minutes;
4. Et surtout, elle m'invitait à l'accompagner à la danse du samedi soir.

Je me posais d'ailleurs la question que nous nous posions souvent à l'époque, et qui est banale sans doute: est-ce que je peux dire que je «sors» avec Brigitte?

«Sortir», dans le langage qui avait cours à l'époque, cela ne voulait pas dire uniquement faire des sorties avec quelqu'un. Cela signifiait beaucoup plus: c'était vraiment former un couple.

D'ailleurs mes amis, mes parents et en tout cas mes sœurs me la poseraient sans doute bientôt, cette question: «Sortez-vous» ensemble?

Mais après quelques réflexions sur cette question épineuse, et dont la solution du reste ne changerait pas grand-chose à ma situation – ce qui est le cas de bien des réponses à des questions hypothétiques – j'en conclus fort philosophiquement que mes interrogations étaient prématurées: il faudrait tout de même que j'attende que mon degré d'intimité soit plus grand avec elle, que par exemple nous nous embrassions avant que je puisse déclarer, ou à tout le moins penser que nous «sortions» ensemble.

Je venais à peine d'apaiser cette angoisse, si je puis dire, qu'une autre s'empara de moi.

Aller à une danse c'était bien beau, c'était même extraordinaire puisque j'y avais été invité par la jeune fille dont j'étais follement épris. Seulement voilà: je n'avais jamais dansé de ma vie!

Chapitre 13

*J*e convoquai d'urgence Raymond.

D'un an notre cadet – ce qui au début avait été un obstacle à son admission dans notre cercle puisque l'adolescence est une loupe qui grossit tout: joies, angoisses et écart d'âge –, il démontrait cependant une belle précocité amoureuse qui me serait fort utile.

Non seulement avait-il été très loin déjà avec nombre de filles mais il était un véritable «rat des salles de danse». J'étais persuadé qu'il n'hésiterait pas à me donner une leçon accélérée, ou en tout cas à me prodiguer les conseils essentiels qui me permettraient de bien m'en tirer, et surtout de ne pas me couvrir de ridicule lors de cette première danse.

Il arriva quelques minutes après mon coup de téléphone, avec sous le bras un disque que je crus d'abord être de la musique de danse: c'était en fait le disque dont tout le monde parlait depuis le début de juin, date de son lancement, et qui faisait littéralement fureur: *Sgt. Pepper's Lonely Hearts Club Band*, des *Beatles*.

Les parents de Raymond, plus fortunés que les miens, lui donnaient une «allocation» (c'est le mot que nous utilisions à l'époque pour l'argent de poche que nous accordaient nos parents) fort généreuse qui lui avait permis de s'offrir cet album de rêve. Un album qui avait été salué lors de sa parution comme véritablement révolutionnaire.

Dans le *New York Times* que mon père, en rare internationaliste à l'époque, lisait le dimanche, on avait décrété que *Sgt. Pepper's Lonely Hearts Club Band* était le premier disque d'une véritable Renaissance musicale.

Je me précipitai sur le disque dont la pochette, fort imaginative, m'enchanta. Le mot est faible d'ailleurs pour décrire l'espèce de ravissement que je ressentais comme d'ailleurs tous mes amis, et des millions de jeunes de ma génération, devant tout ce qui émanait de nos chères idoles.

Les *Beatles* étaient les magiciens qui, d'un seul coup de leur baguette magique (qu'ils allaient d'ailleurs nous assener à nouveau dans *Magical Mystery Tour*), nous avaient littéralement entraînés dans une forêt enchantée d'où, contrairement aux enfants égarés des contes, nous ne voulions plus ressortir pour retrouver nos parents perdus.

Ils étaient en fait devenus, malgré leur jeune âge, nos espèces de guides spirituels. Eux seuls pouvaient nous comprendre, eux seuls détenaient cette vérité nouvelle et magique qui se démarquait sans effort de l'ancienne morale que nous révoquions sans même vraiment la connaître, sans en avoir sondé la valeur: elle se disqualifiait automatiquement à nos yeux impitoyables simplement parce qu'elle appartenait à nos parents dont le seul tort, mais impardonnable, était d'être nés avant nous, comme nous en accuseraient sans doute plus tard nos enfants.

Les mots de l'alliance nouvelle, que réécrit chaque génération, lumineux, dépoussiérés, nous les célébrions quotidiennement: créativité, anticonformisme, fantaisie, expansion de la conscience, amour libre, paix universelle, non-violence...

Les *Beatles* avaient découvert que pour régner il est plus facile de plaire que de contraindre. Au lieu de nous forcer à suivre leurs pas par la loi et l'autorité, ils le faisaient comme malgré eux, comme des rois à qui, pour régner sur la mode et nos goûts, il suffisait d'être.

Mon ami Raymond et moi ne pouvions toujours pas arracher nos yeux de l'originale pochette de *Sergeant Pepper*.

Au centre d'un groupe d'une trentaine de personnes réunies par la magie d'un montage photographique se tenaient, devant une tombe où leur nom était écrit avec des fleurs rouges, les quatre *Beatles* vêtus originalement d'uniformes d'orchestre victoriens en cuir aux couleurs chatoyantes.

«Regarde, dit Raymond, c'est *too much*, les *Beatles* sont là aussi...»

Il désignait, sur le côté gauche de la pochette, des statues de cire des *Beatles* provenant du célèbre musée de cire de Madame Tussaud: plus jeunes, vêtus d'un complet sombre, ils étaient sagement cravatés, ce qui n'allait pas être leur marque de commerce dans les années à venir, puisque précisément ils s'opposaient ouvertement au conformisme dont la cravate était le symbole le plus usuel.

«C'est vraiment incroyable», dis-je, moi aussi hautement impressionné par cette trouvaille.

Admiratifs au-delà de tous les mots, comme des enfants laissés à eux-mêmes dans une confiserie, nous découvrions sans discontinuer des détails nouveaux qui nous enchantaient.

Sur la pochette, on pouvait encore reconnaître de nombreuses célébrités: Sonny Liston, illustre boxeur de l'époque, Johnny Weismuller, champion de nage olympique qu'avait rendu populaire son rôle dans Tarzan, Bob Dylan, Laurel et Hardy, Oscar Wilde, Edgar Pœ, Lewis Carroll, Aldous Huxley, Marlene Dietrich.

Sur le côté supérieur gauche de la pochette, semblant présider cette illustre assemblée, apparaissait le noble visage barbu de Sri Yukteswar Giri, un autre maître spirituel.

D'autres sages avaient pour ainsi dire été conviés à cette réunion imaginaire, à la demande de George Harrison, le mystique du groupe, qui allait sous peu entraîner les *Beatles* dans l'aventure indienne du Maharishi et de Ravi Shankar, épisode hautement publicisé de la vie du célèbre quatuor qui eut une influence considérable sur l'Occident.

Entre autres grandes âmes, figurait également Paramahansa Yogananda dont le livre, *Autobiographie d'un yogi* connut à l'époque un succès retentissant.

Enfin on pouvait apercevoir au centre, presque à côté de Marilyn Monroe, Mahavatara Babaji, mieux connu sous le simple nom de Babaji, avec son front altier, ses longs cheveux noirs séparés au milieu de la tête, son regard tourné extatiquement vers le haut.

Ce célèbre yogi au visage d'adolescent vit, dit-on, dans l'Himalaya où il jouit d'une jeunesse éternelle puisque qu'il est réputé avoir plus de trois cents ans.

Au moment où j'évoque ces souvenirs, dans mon bureau si encombré qu'il décourage presque tous mes visiteurs, même les mieux avertis, si je me tourne vers les rayons de ma bibliothèque, véritable capharnaüm où on retrouve des livres certes, mais aussi d'innombrables objets qui n'ont rien à voir avec la littérature, j'aperçois, avec son beau visage émacié et pur, Babaji, immuable dans un joli petit cadre de métal gris joliment ouvré que m'a offert une grande amie.

Aujourd'hui, libéré pour ainsi dire de l'hypnose de l'époque, j'en viens parfois à me demander si ces maîtres spirituels qu'on voit assemblés sur la pochette de *Sergeant Pepper* ne furent pas en fait les véritables responsables de ce prodigieux courant de vitalité, de renouveau et de spiritualité de la fin des années soixante dont les *Beatles* ne furent pour ainsi dire que les plus illustres messagers, investis qu'ils étaient d'une mission qui leur venait d'ailleurs. (N'est-ce pas le propre de nombre de grands artistes)?

«Regarde, dis-je, Paul McCartney porte une moustache.»

Ses trois compagnons aussi, en arboraient une, ce qui lancerait, ou tout au moins contribuerait à rendre populaire la mode non seulement des moustaches mais des barbes et des cheveux longs.

Les *Beatles* n'étaient bien entendu pas les seuls à se faire les propagateurs de la religion nouvelle dont les cheveux ne devaient être que les signes extérieurs: Jimmy Hendrix, Jim Morrison, les *Rolling Stones* pour ne citer qu'eux mettaient tous vaillamment la main à la pâte.

Ce n'est que bien des années plus tard que j'appris la véritable raison pour laquelle McCartney avait décidé de laisser fleurir sur ses lèvres cette surprenante moustache.

À la fin de l'année précédente, le 9 novembre 1966 pour être plus précis, McCartney, ses facultés affaiblies par du cannabis, avait eu un accident de mobylette dont il était sorti indemne si on excepte une coupure à la lèvre supérieure.

Pour dissimuler cette blessure, il avait songé au banal expédient de se faire pousser une moustache. Mais ce banal accident, nous l'avions cru mortel à l'époque.

Une rumeur en effet s'était rapidement répandue qui avait jeté la consternation à travers le monde: Paul McCartney était mort. Ce qui m'avait personnellement ébranlé comme l'annonce du décès d'un proche. Cette mort, elle nous avait été «annoncée» depuis longtemps et de bien des manières, mais dans notre «aveuglement», nous ne nous en étions simplement pas rendu compte!

N'était-ce pas en effet ce que proclamait John Lennon à la fin de *Strawberry Fields Forever* lorsqu'il murmurait: «I buried Paul» («J'ai enterré Paul»)? Et sur la pochette de *Sergeant Pepper*, que Raymond et moi admirions d'ailleurs en ce moment, se trouvait d'ailleurs un indice, qui «sautait» aux yeux. McCartney en effet était le seul des *Beatles* à tenir un instrument noir, un cor anglais que j'avais d'abord pris pour un hautbois.

Or, le noir est bien évidemment la couleur de la mort. Mort aussi annoncée, ou plutôt avouée sur un badge cousu sur la manchette de son uniforme qui portait les lettres: O.P.D., dans lesquelles les plus futés des admirateurs virent la bien évidente abréviation de: officially pronounced dead (officiellement déclaré mort). Bien banalement, les lettres signifiaient en fait: Ontario Police Department.

Les minutes suivantes s'écoulèrent en une écoute exaltée de *Sergeant Pepper*. Le début de la première pièce, qui donne son nom au disque tout entier, nous fit pousser des cris:

«Écoute la *lead*... C'est écœurant», explosai-je, admiratif.

La *lead*, c'était bien entendu la *lead guitar*, c'est-à-dire la guitare solo, et c'est ce que nous admirions le plus non seulement chez les *Beatles* mais chez tous les orchestres.

«Le *fuzz* est écœurant...», remarqua Raymond.

Le *fuzz*, c'était un instrument qui permettait de donner à la guitare un son extrêmement métallique, et qu'on actionnait avec le pied grâce à une sorte de petite pédale. Les groupes psychédéliques y recouraient abondamment, ce qui nous fascinait, comme également un autre appareil de déformation du son qui s'appelait le *wa-wa*.

Avec le recul, comme me paraissent étranges, inexplicables, absurdes même ces fascinations: elles étaient bien réelles pourtant, et je ne devrais pas mettre en doute leur sincérité. Simplement, le temps a passé, comme il passe sur nombre de nos amours, ce dont nous nous rendons compte non sans un mélange d'étonnement et de nostalgie lorsque nous revoyons un être que nous avons aimé il y a longtemps, qui n'a pas nécessairement vieilli, enlaidi ou épaissi avec l'âge, mais qui simplement est autre, et pour une raison bien simple et pourtant rédhibitoire: il est sorti de ce mystérieux cercle magique de notre amour, qui le rendait fascinant, unique, spécial alors qu'au fond il ne l'était peut-être pas.

Après la pièce, un instant, Raymond et moi nous restâmes silencieux, nous délectant avec émotion des ultimes échos du grand accord final de piano (en fait de trois pianos joués simultanément par les quatre *Beatles*) qui clôt *A day in the life*.

J'étais tellement ému que j'en avais complètement oublié la raison pour laquelle j'avais convoqué Raymond: mes cours de danse. Et au lieu de les lui réclamer à grands cris, je lui demandai plutôt de réécouter tout de suite *Sergeant Pepper*.

«Je n'ai pas le temps, si tu veux ta leçon de danse, il faut que je te la donne tout de suite, j'ai un rendez-vous...»

Il consulta sa montre, et poursuivit:

«Merde, je n'ai plus le temps. De toute manière, à la salle de danse Saint-Gilles, ils font jouer tout le temps des *plains*, alors pour ça tu n'as pas besoin de leçon, n'est-ce pas...?

Au lieu de me rassurer, cette remarque me plongea dans le désarroi.

Danser des *plains*...

Je devrais danser des *plains*...

Si le simple fait de tenir la main de Brigitte m'avait plongé dans tous mes états, que se passerait-il lorsque mon corps se presserait contre le sien? Comment dissimulerais-je mon émoi?

Chapitre 14

*D*ès que je me retrouvai seul, je me penchai sur cette délicate question. Évidemment, je pourrais toujours porter une simple paire de jeans. Leur toile robuste me protégerait contre les manifestations trop évidentes de mon trouble. Mais ce n'était pas assez chic, surtout si Brigitte décidait d'être un peu plus «habillée».

Non, mieux valait remettre mon pantalon matelot bleu marine, qui était ce que j'avais de mieux. Mais alors, comment dissimuler à Brigitte le trouble qu'elle provoquait en moi?

Pourquoi ne pas carrément appliquer du ruban adhésif sur mon organe indiscipliné? Non, ce n'était pas très pratique, et surtout, ce serait fort douloureux lorsque je le retirerais. Des poils risquaient d'y rester pris, et je souffrirais le martyre.

Que faire?

C'était bien simple: au lieu de porter un seul slip, j'en porterais deux, le second me servant fort commodément de gaine!

C'était une astuce un peu ridicule sans doute, mais personne d'autre que moi ne le saurait. J'en fis tout de suite l'essai, qui fut concluant. J'avais l'air un peu enveloppé certes, et la sensation était curieuse, mais néanmoins l'effet m'en parut excellent. J'étais maintenant prêt pour la danse du samedi soir!

Conformément à mes habitudes de bon écolier, qui avait horreur de ne pas être ponctuel, j'arrivai à l'avance. Pourtant, Brigitte était déjà là, et semblait m'attendre à l'entrée, un peu nerveuse, dans sa petite jupe noire qui lui allait à ravir. J'en fus touché doublement: elle était arrivée avant moi, ce qui signifiait qu'elle avait hâte sans doute de me revoir, et sa nervosité me laissait croire qu'elle n'était pas indifférente. Peut-être au fond lui plaisais-je, même si nous avions eu un départ plutôt lent...

J'en eus la confirmation dès les premiers *plains*. Car rapidement Brigitte accepta de danser avec moi la même variante de *slow* que la plupart des autres couples: les pieds parfaitement immobiles (et on appelait encore cela une danse!), ils s'enlaçaient étroitement au point de ne former qu'un corps et se livraient à cette troublante activité que j'allais bientôt découvrir et que nous appelions un peu bêtement, quoique l'expression disait bien ce qu'elle avait à dire: se passer des *feelings*, c'est-à-dire tout simplement se caresser la nuque, le dos...

Mon ravissement était double: je n'avais plus à me préoccuper, dans ma maladresse de débutant, de marcher sur les pieds de Brigitte, ce que j'étais parvenu à faire trois ou quatre fois, et ma compagne me prouvait que je ne lui déplaisais pas en acceptant cette intimité plus grande.

Une des pièces (et des *plains*) les plus populaires de l'époque s'était mise à jouer: A *Whiter shade of pale*, de Procol Harum. J'étais transporté, troublé: c'était mon premier *plain* immobile et en plus j'étais éperdument amoureux de Brigitte.

Mon cœur, rendu fragile par les séquelles de ma dernière crise, avait des palpitations qui m'auraient inquiété si je n'avais pas été complètement absorbé par les nouvelles sensations que je découvrais.

Les cheveux de Brigitte, que j'effleurais de ma joue, me donnaient des frissons. Je m'enivrais de son parfum. Je la serrais contre moi. Je pouvais sentir sa poitrine contre la mienne. Je n'osais la caresser, mais il me suffisait de l'étreindre, de sentir son corps contre le mien, ses jambes contre mes jambes.

Je réagissais violemment mais ma précaution fonctionnait: mes deux slips contenaient mon ardeur et cependant la contenaient mal, car je souffrais. Mon sexe en émoi était bien retenu prisonnier par ma gaine de fortune mais, détail auquel je n'avais pas pensé, il pointait douloureusement vers le bas, au lieu de s'épanouir naturellement vers le haut. Je ne pouvais rien faire: il fallait que je souffre en silence. Au moins, je me consolais à l'idée que je ne paraissais pas ridicule.

Malgré mon inconfort, je ne pus résister à la tentation de serrer Brigitte plus étroitement. Elle ne sembla pas contrariée. Bien au contraire, elle m'étonna en commençant à me «passer des feelings» dans le dos. Au début, je n'en fus pas tout à fait sûr. Elle remuait la main droite, certes, mais était-ce délibéré? Pourtant bientôt je n'en doutai plus.

C'était bel et bien une caresse dont elle me gratifiait: un mouvement lent, insistant, dans le dos.

Quelques secondes plus tard, Brigitte – avait-elle senti avec embarras la fermeté de mon être? – me repoussa légèrement et me regarda longuement dans les yeux, sans ciller.

J'hésitai.

Devais-je l'embrasser, comme elle semblait m'en prier par ce regard insistant?

Mais si j'avais mal lu la prière de ses yeux, la fixité de ses prunelles impérieuses, ne risquais-je pas de me faire repousser, de passer pour un garçon qui n'était pas sérieux, et qui ne cherchait qu'à s'amuser?

J'étais si inexpérimenté: les seules filles que j'avais embrassées, c'était en jouant à la bouteille, et cela ne comptait pas...

Mais – dilemme horrible! – si Brigitte souhaitait vraiment que je l'embrasse, et que je ne le faisais pas, je passerais pour un tiède, un timide, un garçon qui manquait de virilité!

De virilité...

Alors que j'avais dû enfermer la mienne à double tour!

J'hésitai quelques secondes de trop, car j'allais me pencher vers Brigitte pour l'embrasser lorsqu'elle poussa – du moins il me sembla – un soupir de dépit, et colla à nouveau sa joue contre la mienne pour se remettre à danser, si du moins on pouvait appeler ainsi ce *plain* immobile où seules nos mains s'activaient.

Seules nos mains?

Brigitte, qui décidément n'avait pas froid aux yeux, me ravit bientôt par une nouvelle audace.

En effet, elle se mit alors à me «passer un genou», expression consacrée à l'époque, du moins dans notre petit cercle, c'est-à-dire qu'elle avança audacieusement son genou entre mes cuisses déjà troublées par la simple proximité de son corps.

Maintenant je perdais complètement la tête. Ce frôlement inattendu me jetait en transe, à tel point que lorsque Brigitte me repoussa à nouveau pour me regarder dans les yeux et solliciter de toute évidence un baiser, je n'osai pas le lui donner.

J'étais trop embarrassé par ce qui venait de m'arriver: j'avais joui, et des spasmes secouaient encore mon sexe qui, seule consolation, perdait enfin sa douloureuse fermeté.

Je ne savais plus où me mettre... Si l'essence dont je ne venais involontairement de me libérer maculait mon pantalon et que Brigitte le remarquait, que dirait-elle? Je fus sauvé par la musique qui s'arrêta alors.

«Excuse-moi, dis-je, je dois passer au petit coin...»

Là, j'y fis une toilette aussi nécessaire qu'expéditive et me débarrassai d'un des mes slips, qui était tout maculé. Heureusement, il me restait l'autre... Après avoir vérifié que nulle trace de mon émoi n'était visible sur mon pantalon, je retournai à la salle de danse où je ne trouvai pas Brigitte. Mon cœur palpita. Et si elle était partie? Si elle s'était rendu compte de ma faiblesse, et s'en était offusquée...

Mais enfin je la retrouvai, assise dans un coin, à côté d'autres couples qui avaient tous en commun ceci que, parfaitement silencieux, ils s'embrassaient passionnément, comme s'ils étaient absolument seuls au monde, si bien que, par contraste, Brigitte, malgré sa beauté, avait l'air d'une laissée-pour-compte.

Pourquoi avait-elle choisi ce coin obscur de la salle de danse? N'était-ce pas parce que c'était celui où tout le monde s'embrassait? Elle voulait être bien certaine que cette fois-ci je comprendrais le message, et que je ne tergiverserais pas. Aussi, dès que je me fus assis à ses côtés, je me penchai vers elle, la pris par le cou et voulus l'embrasser.

«Qu'est-ce que tu fais là? demanda-t-elle en me repoussant aussitôt.

– Je... je pensais que...

– Que quoi?

– Euh, rien..., dis-je embarrassé.

– Tu ne penses pas qu'on pourrait commencer par se connaître un peu avant...

– Oui, tout à fait d'accord...»

Je disais tout à fait d'accord, mais en même temps je n'étais pas sûr de comprendre. Pourquoi m'avait-elle provoqué en me regardant avec langueur dans les yeux, en me «donnant des feelings», en allant même jusqu'à «me passer un genou» – si habilement qu'elle m'avait conduit à l'extase! – si c'était pour me repousser dès que je voulais lui voler un baiser, d'autant que l'atmosphère s'y prêtait, c'est le moins qu'on pût dire puisque autour de nous c'était une véritable débauche d'embrassades?

Je pensai à ce que Maurice m'avait dit au sujet de Verte, et même si je ne voulais pas comparer les deux jeunes femmes, – Brigitte était incomparable! – je me dis que c'était peut-être un exemple flagrant de contradiction féminine.

Je restai un instant silencieux, ne sachant trop quoi faire. J'admirais la bouche de Brigitte comme un fruit d'autant plus attrayant qu'on venait de me le refuser alors que je le croyais accessible. La blancheur laiteuse de sa peau de rousse faisait ressortir le dessin délicat de ses lèvres. Je revins à la charge:

«Mais tu ne crois pas qu'on peut savoir tout de suite, quand on rencontre quelqu'un, s'il est fait pour nous...?

– Oui, peut-être, mais on ne le sait jamais au début, on le sait seulement à la fin. Parce que vous, les garçons, vous vous trompez neuf fois sur dix au sujet de l'amour, parce que vous nous aimez avant de nous connaître, simplement parce que vous nous trouvez jolies...

– Non, pas moi...

– Tu ne me trouves pas jolie?

– Non, je veux dire, le sentiment que j'ai pour toi est différent, j'ai l'impression que c'est le destin qui a fait que nous nous sommes rencontrés...

– Le destin... tu crois que ça existe, cette histoire-là, toi?

– Oui, je le crois...

– Mais si tu ne m'avais pas trouvée jolie, l'autre jour, à l'Expo, devant le pavillon de la Russie, penses-tu vraiment que tu serais venu me parler, ne crois-tu pas plutôt que j'aurais dû me taper sans toi l'exposition de caviar et de spoutnik?

– Mais c'est impossible que je ne t'aie pas trouvée jolie? D'ailleurs pas seulement jolie, mais la plus belle fille du monde...

– Et si je n'avais pas été maquillée?

– Ça n'aurait rien changé...

– Vraiment?»

Alors elle m'étonna à nouveau. Avec elle, j'allais de surprise en surprise: il est vrai que j'étais un véritable néophyte avec les filles. Et peut-être que je ne m'étais pas encore fait à la contradiction féminine dont un Maurice désabusé avant l'âge m'avait révélé la supposée existence...

Brigitte tira un mouchoir de sa poche, et, dans un geste surprenant, dans une sorte d'élan de tristesse et de révolte que je ne m'expliquais pas, s'en frotta vigoureusement le visage. Lorsqu'elle eut terminé, elle était pour ainsi dire démaquillée, mais fort imparfaitement, si bien qu'elle conservait des traces de rimmel sur les joues, et du rouge à lèvres sur le menton... Elle jeta par terre le mouchoir maculé.

«Maintenant, demanda-t-elle en me regardant droit dans les yeux, les prunelles fixes, est-ce que tu me trouves encore la plus belle fille du monde?»

Elle était différente, il est vrai, ses lèvres étaient plus pâles, ses yeux, que ne soulignait plus le rimmel, moins éclatants, et pourtant, je ne pus faire autrement que de dire:

«Non, je... pour moi, tu es la même, je...

– Pourquoi serais-tu différent des autres?»

Je n'eus pas le temps de répondre. Elle se détourna à demi, mais je pouvais voir qu'il y avait sur son visage une douleur, comme si elle se remémorait des instants difficiles. Décidément, elle était peut-être plus malheureuse que la sereine beauté de son visage ne le laissait deviner. Quelqu'un avant moi l'avait-il tant fait souffrir qu'elle ne croyait déjà plus à l'amour, malgré sa jeunesse?

«Ce n'est pas parce que tu es mal tombée la première fois que, forcément, tu auras de la malchance la fois suivante..., dis-je, la vie est belle, elle est pleine de surprises...

– Je ne sais pas si tu serais aussi optimiste si ton était père alcoolique et si ta mère te détestait parce qu'en venant au monde tu l'avais empêchée de réaliser son rêve de devenir comédienne, et je ne te parle pas de mon ex, qui lui aussi trouvait que j'étais la plus belle fille du monde, mais quand je lui ai demandé de me le prouver, il est devenu l'homme invisible...

– Euh, je vois, je comprends que tu n'as pas eu une vie facile...»

À la vérité, je n'étais pas bien sûr de comprendre. Malgré son jeune âge, Brigitte avait un passé beaucoup plus lourd que le mien, car jusque-là ma vie avait été essentiellement occupée à mes études. Ces révélations ne m'éloignaient pas de Brigitte, mais il me semblait que mes chances de succès auprès d'elle s'étaient amenuisées, que si elle avait été ainsi échaudée, elle n'aurait pas envie de se lancer dans un nouvel amour.

«C'est... c'est récent, ta séparation?»

Par moquerie, elle consulta sa montre, comme si sa rupture remontait à quelques heures seulement. J'écarquillai les yeux, ce qui lui arracha un sourire amusé. Elle esquissa à son tour un sourire, me donna une petite tape sur la joue en disant:

«Tu es gentil, toi.»

Je ne dis rien. Elle avait laissé retomber le bras, et dit:

«Nous sommes séparés depuis dix-sept jours...»

Elle devait encore bien souffrir pour tenir une comptabilité si rigoureuse de sa rupture. Mes chances me parurent encore plus ténues: sûrement aimait-elle encore son ancien amoureux. J'eus un serrement de cœur. Pierre avait eu raison: j'aurais dû l'écouter... Pourtant, elle me surprit à nouveau en disant:

«Embrasse-moi...»

Je me penchai vers elle, la pris par le cou, l'embrassai.

Presque tout de suite, elle entrouvrit la bouche, d'abord à demi, puis tout à fait: elle acceptait de *«frencher»*, découvrais-je avec émerveillement. Donc je ne lui déplaisais pas. Je m'empressai d'ouvrir la bouche moi aussi, de mêler ma langue émue à la sienne. Comme il est troublant ce premier baiser et comme le temps passe vite lorsque notre langue adolescente se perd dans la bouche de l'être aimé!

À vrai dire, lorsque Brigitte mit fin à notre premier baiser et que, les yeux voilés par l'émoi, je consultai ma montre, je me rendis compte qu'il avait duré une heure complète! Et pourtant cette heure avait passé comme cinq minutes tant j'avais été absorbé dans cette découverte: le désir abolit le temps!

«Mieux vaut s'arrêter», dit Brigitte, qui me repoussait mais non sans tendresse puisque qu'elle me tenait amoureusement les mains: si on continue, demain je vais avoir la bouche en lambeaux, ma mère va s'apercevoir que j'ai rencontré quelqu'un et comme je suis séparée d'Alex depuis deux semaines seulement, elle va me tuer...

– Oui, oui, je comprends...»

J'étais déçu d'être arraché à ses lèvres, mais tout compte fait, il ne me déplaisait pas de reprendre mon souffle après ce baiser d'une heure!

Lorsque je pense à ces instants exquis, à cette griserie, je ne peux que déplorer la brièveté des baisers d'aujourd'hui, et ce, malgré l'amour. Dans *Le Code d'amour du douzième siècle* que j'ai sous les yeux, je peux lire, étonné par la modernité de cette réflexion qui à elle seule explique peut-être tout le manque de romantisme de notre époque: «L'habitude excessive des plaisirs empêche la naissance de l'amour.»

Peut-être nous jetons-nous trop vite dans les bras l'un de l'autre, et nos lits, qui devraient être des temples où est proclamée la naissance de notre amour, n'en sont trop souvent que le tombeau.

Si nous ne considérions pas les baisers que l'on échange comme simplement un prélude mais, à la manière des adolescents – je parle de ceux de mon époque ! – comme le plat principal, peut-être en retrouverions-nous toute la saveur, peut-être ne nous sembleraient-ils pas fades, comme ceux que l'on échange en vitesse avant de passer aux choses qu'on dit sérieuses... Ce n'est qu'une idée en passant, comme le sont toutes mes idées, comme le sont tous mes livres.

Je comprenais la sagesse de Brigitte et pourtant je m'en désolais. C'est que notre long baiser avait fait naître en moi une faim nouvelle : celle de ses seins.

Je n'avais cessé d'y penser mais j'avais hésité de crainte d'être rabroué. Après tout ce n'était que notre troisième rencontre, et, les deux premières, nous ne nous étions vus que quelques minutes tout au plus. De toute manière il était trop tard maintenant, parce que nous avions cessé de nous embrasser... Et pourtant, dans une volte-face curieuse, comme si elle était restée sur son appétit, Brigitte me prit par le cou, m'attira vers elle et se remit à m'embrasser. J'étais ravi de reprendre ce baiser, bien entendu, mais aussi de pouvoir tenter ma chance vers ses seins qui me fascinaient.

De crainte d'être repoussé, je recourus à une astuce.

La main qui perpétrerait le forfait, la gauche, je la perdis d'abord dans la flamboyante chevelure de mon amie, puis je la retirai lentement et la glissai de son cou sur son chemisier blanc, puis sur son sein mais ne m'arrêtai pas en chemin, malgré l'extrême tentation que j'en avais, faisant comme si cette caresse n'en était pas une si ce n'est complètement involontaire.

Elle ne protesta pas, ne broncha même pas, et peut-être ne se rendit-elle même pas compte de ma manœuvre, perdue dans notre innocente orgie de baisers.

Il fallait que je le vérifie. Peut-être lui importait-il peu que je la caresse. Peut-être même le souhaitait-elle, trouvait-elle la chose parfaitement naturelle et n'attendait-elle que ce geste?

Ma main gauche s'était attardée un moment sur sa cuisse, qui n'était pas rétive elle non plus. Je fis comme si je voulais à nouveau l'étreindre, c'est-à-dire glisser ma main sous son bras, pour aller me réfugier dans la forêt enchantée de ses cheveux.

Au passage, à nouveau, j'effleurai volontairement son sein, seulement un peu plus lentement, et je constatai qu'elle ne protestait pas, et il me sembla même qu'elle laissa échapper un soupir, contenu par notre baiser certes, mais bien réel.

Aussi, au lieu de poursuivre ma route vers son épaule, je rebroussai aussitôt chemin et j'osai plaquer ma main sur son sein, je le pressai, et je sentis que j'étais un roi parce qu'elle ne me repoussa pas. J'en étais sûr maintenant, elle m'aimait même si elle ne me l'avait pas dit, parce que c'est ainsi que les filles nous disent qu'elles nous aiment alors que bien souvent nos caresses à nous, hommes, ne veulent rien dire d'autre que notre désir.

Chapitre 15

J'étais transporté. Maintenant, je pouvais vraiment dire que je «sortais» avec Brigitte. D'ailleurs dans les mois qui suivirent, nous nous vîmes presque tous les jours. Nous passions des heures, dans le sous-sol de ses parents, à nous embrasser, à nous découvrir, mais sans toutefois aller jamais jusqu'à faire véritablement l'amour.

Je me demandais souvent pourquoi, juste au moment de franchir ce cap, elle mettait le holà. Je pensai bien naturellement qu'elle redoutait de tomber enceinte, crainte bien légitime, d'autant qu'elle ne prenait pas la pilule, du moins me semblait-il. Je pris mon courage à deux mains, et un jour j'osai franchir la porte de la pharmacie la plus proche pour me procurer d'indispensables préservatifs.

«C'est... c'est pour un ami..., balbutiai-je avec timidité au comptoir.

– Oui, dit le commis visiblement sceptique, et est-ce que votre ami va prendre autre chose avec ça?

– Euh oui, je prendrais bien...»

Je m'interrompis: je m'étais laissé piéger comme un amateur. Mais qu'importait! Le commis ne refusait pas de me vendre ce dont j'avais tant besoin, et qui me permettrait enfin de franchir avec Brigitte l'ultime étape.

De retour à la maison, je m'avisai que jamais de ma vie je n'avais utilisé de préservatifs, et que j'aurais peut-être l'air d'un véritable débutant: dans notre gêne adolescente, nous ne nous étions jamais demandé, Brigitte et moi, si nous l'avions «déjà fait». Pour éviter une maladresse qui me ridiculiserait sans doute, et qui viendrait s'ajouter à la vague crainte que je conservais de faire l'amour même si j'en mourais d'envie, il fallait que je fasse au moins une fois l'expérience d'enfiler un préservatif.

Je me retirai dans ma chambre dont je fermai prudemment la porte à double tour, j'ouvris non sans une certaine nervosité la boîte, en tirai un des trois préservatifs. (Je n'avais pas osé, malgré mon envie, prendre une boîte de douze de crainte de passer pour un obsédé)!

Je baissai mon pantalon, m'assis au bord de mon lit, déballai le préservatif avec un mélange de curiosité et de nervosité. Bon, maintenant il fallait l'enfiler! Première constatation, ce n'était pas une mince tâche de glisser un préservatif sur un sexe flasque. Malgré tous mes essais, je n'y arrivai pas. Il me fallait faire preuve d'un peu de fermeté! Mais j'avais beau penser à mes longues étreintes avec Brigitte, j'avais beau évoquer ses seins nus que j'avais embrassés, pétris, dévorés éperdument pendant des heures, j'avais beau me griser du souvenir de ses longues cuisses, de celui de ses jarretelles noires qu'elle portait souvent pour retenir ses bas de nylon – ce qui me rendait fou –, je n'arrivais pas à m'émouvoir assez pour pouvoir passer le préservatif. Je me rhabillai, cachai sous mon oreiller les préservatifs, retournai en hâte à la pharmacie où, avec une nervosité encore plus grande, j'achetai un *Playboy*.

Le commis, celui-là même qui, quelques minutes plus tôt, m'avait vendu les préservatifs «pour un ami», me regarda avec un drôle d'air, comme si j'étais un jeune homme fort bizarre. Ce n'est qu'à la sortie de la pharmacie que je compris pour quelle raison il m'avait jeté cet air intrigué. Pourquoi des préservatifs si c'était pour me livrer –

forcément sans danger! – aux plaisirs solitaires? La prudence sexuelle avait tout de même ses limites!

De retour chez moi, je m'enfermai à nouveau dans ma chambre, me dévêtis, retrouvai sous mon oreiller le préservatif déjà ouvert. Il me semblait qu'il n'était pas exactement au même endroit où je l'avais laissé quelques minutes plus tôt, mais je me trompais peut-être: j'étais parti vite.

Aussitôt dévêtu, je me mis à «lire», non sans une certaine émotion, le *Playboy* du mois de juin 1967. Je découvris alors que chez l'homme, en tout cas chez l'adolescent que j'étais, le grand amour n'est pas incompatible avec les émois de papier que procurent à bon compte les revues galantes.

En effet, à peine avais-je fait la rencontre de la jeune femme nue des pages centrales, qui s'appelait Cherry, et prétendait aimer chez un homme qu'il la traitât en femme au lit et hors du lit, – souhait quelque peu sibyllin pour moi –, que j'étais affligé d'une fermeté qui me permit tout de suite de faire l'essai du préservatif. Je me félicitai d'avoir pris cette précaution, parce que j'éprouvai certaines difficultés à le passer, des difficultés que j'aurais été fort embarrassé de rencontrer en présence de Brigitte.

Mais bon, j'y étais tout de même parvenu, et malgré un certain inconfort, je ressentais de la fierté: je sentais que je devenais enfin un homme, non seulement parce que je portais pour la première fois un préservatif mais parce que, maintenant, Brigitte ne me repousserait plus. Nous ne serions plus obligés de nous contenter de nous frotter pendant des heures l'un contre l'autre, nous irions enfin jusqu'au bout!

On frappa alors à la porte.

«Je suis occupé, dis-je, contrarié d'être ainsi importuné dans un moment si intime.

– C'est Élisabeth...

– Je ne peux pas te parler, je viens de te dire que je suis occupé.

– Avec les choses qui sont sous ton oreiller?» insinua-t-elle, en véritable petite peste.

Merde! C'était elle qui avait déplacé les préservatifs: je n'avais donc pas rêvé. Mon cœur se mit à palpiter. Si ma sœurette me trahissait auprès de mes parents, que ferais-je? Ils savaient que je voyais quelqu'un même si, par une pudeur excessive, je ne leur avais pas encore présentée Brigitte, mais ils ne se doutaient sûrement pas que nous étions rendus si loin et que nous nous apprêtions à faire l'amour.

Je n'avais plus le choix: il fallait que je parlemente avec ma sœur. Je m'empressai de refermer le *Playboy* que je fourrai sous l'oreiller, puis retirai le préservatif, mais dans ma hâte et mon inexpérience je tirai sur des poils, ce qui m'arracha un cri de douleur qu'Élisabeth ne manqua pas de noter.

«Tu es sûr que tu n'es pas en danger?

– Non, non, j'arrive.»

Le préservatif inutile alla rejoindre le *Playboy* sous l'oreiller, je me reculottai et, tentant de reprendre ma contenance, j'allai ouvrir à ma sœur, qui se montra d'un laconisme étonnant:

«J'ai vu les condos sous ton oreiller, si tu ne veux pas que je parle, c'est deux dollars...

Elle avait dit «condo» au lieu de condom, mais je m'étonnais qu'à son âge elle pût même connaître un mot si voisin du mot véritable. J'eus envie de la réprimander non seulement pour son indiscrétion mais pour son peu de moralité, mais à la place je résolus de me débarrasser d'elle en lui tendant le billet de deux dollars qu'elle me réclamait.

Le soir enfin venu, j'allai retrouver Brigitte avec les préservatifs en poche, bien confiant que je passerais la soirée dans le sous-sol de ses parents, comme nous l'avions fait tant de fois depuis que nous nous connaissions.

«Viens, dit-elle, ne restons pas ici.

– Ah! mais je croyais que nous passerions une petite soirée tranquille au sous-sol. Surtout que...

– Surtout que quoi?

– Eh bien, je voulais te faire une petite surprise, j'avais acheté des...»

Je n'osais pas le dire.

«Des capotes? devina-t-elle avec une perspicacité qui m'étonna.

– Euh, oui... pour que nous puissions enfin faire l'amour...»

Elle plissa les lèvres, un peu tristement me sembla-t-il, et pourtant pour tout commentaire, elle dit:

«Viens, allons d'abord au cinéma. On en parlera après. Il y a un film que je veux voir depuis longtemps.»

Chapitre 16

*B*rigitte m'entraîna au cinéma le plus proche où était représenté *The Graduate (Le Lauréat)*, un film de Mike Nichols dans lequel Dustin Hoffman faisait ses véritables débuts.

Dans cette comédie romantique dont la musique célèbre – surtout la chanson-thème *Mrs. Robinson* – avait été signée par *Simon & Garfunkel*, le héros, fraîchement diplômé, a une aventure torride avec une femme mariée de quarante ans, Mrs. Robinson, et en même temps, sort avec sa fille, jusqu'à ce que la vérité éclate au grand jour. Blessée, la jeune fille quitte son amant infidèle et, pour soigner son chagrin, part étudier dans une université lointaine où elle rencontre un autre homme qui lui propose rapidement le mariage. Le jeune Hoffman la pourchasse inlassablement, tente par tous les moyens de la reconquérir car, comme il arrive si souvent, c'est au moment de la perdre qu'il s'est rendu compte qu'il l'aimait éperdument.

Mais tous ses efforts sont inutiles: et la jeune fille accepte bientôt d'épouser son nouvel ami.

Le jour fatidique, Hoffman qui n'a pas encore renoncé à son amour, apprend l'heure et le lieu de la cérémonie et s'y rend, le cœur gonflé d'un absurde espoir. Mais en route sa voiture tombe en panne. Qu'à cela ne tienne! Rien ne l'arrête!

Le sympathique héros se met à courir jusqu'à l'église où il arrive trop tard, ou presque: en présence des deux familles émues et de tous leurs invités, les deux futurs époux s'apprêtent à prononcer les vœux qui les uniront pour la vie.

Mais Hoffman, qui ne peut accepter cette fatalité, joue sa dernière carte. Il monte à l'étage et de ses deux poings, tout en criant le nom de celle qu'il est sur le point de perdre définitivement, il se met à marteler frénétiquement la baie vitrée qui le sépare du reste de la salle.

Tout le monde dans l'assistance se tourne vers le forcené: la mère et la fille le reconnaissent. Les invités sont outrés, lui jettent des regards haineux. Le futur marié ne comprend pas, regarde sa fiancée. Pour elle le grand moment est venu, le moment du choix.

Doit-elle négliger les cris désespérés d'Hoffman, demander au célébrant de poursuivre la cérémonie sans tenir compte de cet énergumène qui lui hurle son amour?

Alors, à la consternation générale, délaissant son beau grand fiancé, la future mariée se met à courir dans l'allée centrale de l'église pour aller retrouver celui qu'elle n'a jamais cessé d'aimer. Et les deux amoureux réunis *in extremis* par l'acharnement de Hoffman s'enfuient, lui en jeans, elle en robe de mariée montant dans l'autobus qui, aux yeux étonnés des passagers, les emporte vers leur destin.

«C'est romantique, hein?

– Oui...

– Moi, c'est le plus beau film que j'aie jamais vu.»

Un silence, puis un aveu que je n'attendais pas, et qui me prit un peu au dépourvu:

«Sais-tu pourquoi je ne veux jamais aller jusqu'au bout dans le sous-sol? C'est parce que je voudrais que ce soit comme ça pour moi aussi dans ma vie. Je sais que c'est démodé, que c'est la mode de faire l'amour libre, mais moi j'aimerais faire les choses comme il faut, dans le bon ordre...»

Je n'eus pas le temps de répliquer qu'elle me prit par la main, et dit, avec un enthousiasme que je m'expliquais mal:

«Viens, je vais te montrer quelque chose...»

Nous étions allés voir le film près du *Centre d'achat Duvernay*, sur Concorde, à environ deux kilomètres à l'est de la *Biscuiterie*. Je la suivis sans la questionner.

Elle s'immobilisa devant la vitrine de ce qui s'avéra être une petite bijouterie et y désigna un bijou.

«Elle est belle, n'est-ce pas?

– La chaîne?

– Non, la bague.

– Euh, oui...»

C'était de toute évidence une bague de noces qui, par une curieuse coïncidence, ressemblait à celle de ma mère.

«Depuis un an, je viens la voir presque toutes les semaines! Est-ce que ça t'est déjà arrivé, toi, devant un objet, de te dire qu'il t'appartient, même si tu ne l'as pas encore acheté?

– Euh...non, mais je pense que je peux comprendre...»

Elle se tut, me regarda avec un sourire, comme si elle attendait de ma part un commentaire.

Ou une proposition.

Le prix de la bague était indiqué: trois cents dollars, ce qui n'était pas une mince somme à l'époque, surtout pour un adolescent de seize ans sans métier. Juste à côté de la bague, se dressait une affichette qui vantait les mérites de l'achat à tempérament: mince consolation si je devais un jour acheter cette bague...

«Tu as fait un dépôt sur la bague?» demandai-je, comme pour gagner du temps, car je sentais ce que Brigitte voulait entendre.

— Non, même pas besoin parce que je sais qu'elle est à moi, et comme elle est à moi personne d'autre que moi ne peut l'acheter.»

Un silence, puis tout de suite elle reprit:

«Ça fait seulement trois mois qu'on se connaît, mais quand je sais quelque chose, je le sais et je n'ai pas besoin de quatorze ans pour me décider, et je sais que... que je t'aime, oui, et que j'aimerais passer le reste de ma vie avec toi, et j'aimerais que le reste de ma vie commence le plus tôt possible, parce que quand on est heureux avec quelqu'un pourquoi attendre pour vivre avec, surtout quand en attendant on est obligé de vivre avec mon père et ma mère, qui ne sont vraiment pas un cadeau...?

— Oui, ça n'a pas l'air d'être évident?

— Pas évident? C'est l'enfer. Mon père n'est jamais là, et quand il est là, il est soûl. Il fait des crises, il brise des choses, il me fait peur. Des fois je me dis qu'un jour il va finir par... enfin que je vais voir sa photo en première page du *Journal de Montréal*, et ce ne sera pas parce qu'il aura gagné la loterie, même s'il achète des dizaines de billets...»

J'écoutais dans un silence ému. Je voyais l'injustice de la naissance: il n'est pas facile d'avoir une main gagnante lorsqu'on voit le jour dans une famille difficile... L'équilibre moral dont parfois je m'enorgueillissais, je le devais sans doute à mes parents aimants, et je n'avais guère de mérite.

Mon amie poursuivit, les yeux humides:

«Ma mère, elle me dit tout le temps que je suis bonne à rien, que je ne suis qu'une petite secrétaire alors qu'elle, elle est une grande artiste. Des fois je voudrais lui répondre, lui dire ce que je pense, mais ce n'est pas facile, c'est ma mère. Je sais qu'elle est malheureuse et que si je lui dis ce que je pense, qu'elle n'a jamais été une artiste, elle va être encore plus malheureuse. Mais je ne vois pas pourquoi je te dis ça, ce que je voulais te dire, c'est que...»

Elle hésitait.

«Pourquoi on ne prend pas tout notre argent, et on ne va pas dans un grand hôtel. On fait la fête, on boit du champagne, on mange des pâtisseries comme des malades, au diable la diète, et puis quand il ne nous reste plus un sou, on s'embrasse, on se prend par la main et on saute par la fenêtre...?

– Hé... ne dis pas des choses pareilles, ça porte malchance.

– Bon alors, pourquoi on ne se marie pas?

– Tu... tu veux te marier? demandai-je interloqué même si j'avais senti venir sa proposition.

– Tu m'aimes? demanda-t-elle.

– Mais oui, je t'aime.

– Penses tu que tu pourrais un jour rencontrer une autre fille que tu pourrais aimer plus que moi?

– Euh non, franchement, je ne crois pas.

– Alors, dit-elle triomphalement, c'est mathématique. Si tous les deux on s'aime si fort, si on est sûrs d'être faits l'un pour l'autre, pourquoi perdre du temps? Pourquoi ne pas se marier tout de suite. Enfin je ne veux pas dire demain matin, mais je ne sais pas, dans un mois, un truc comme ça, juste le temps de se trouver un petit appartement chouette...

– Mais, je n'ai pas de travail...

– Moi, j'en ai un.

– Mais moi, avec le métier que j'ai choisi, ça va peut-être prendre des années avant que je gagne des sous... Tu sais que la plupart des écrivains, même ceux qui ont du génie, crèvent de faim toute leur vie. Ça ne te fait rien de courir cette chance-là?

– Mais si on ne tente pas sa chance, dans la vie, ça donne quoi de vivre? Aussi bien de faire ce que j'ai dit, aller dans un hôtel, se gaver pendant des jours jusqu'à ce qu'on n'ait plus un sou, puis se jeter par la fenêtre...»

Décidément, elle avait réponse à tout, et son enthousiasme avait quelque chose de touchant. Elle était donc sérieuse, elle m'aimait au point de vouloir m'épouser, même si je me destinais à un métier de crève-faim.

«Et puis», reprit-elle avec enthousiasme, «j'avais oublié de te dire, je vais avoir une augmentation à partir du mois prochain. Je vais gagner soixante-quinze dollars par semaine. Alors, tu vois, tu n'as pas à t'inquiéter pour l'argent. J'ai même calculé qu'on va pouvoir s'acheter une voiture, si du moins on peut mettre la main sur un appartement d'un prix raisonnable comme celui-ci...»

Elle tira de sa poche une coupure de journal, et me montra, encerclée en rouge, une petite annonce où étaient énumérées toutes les informations au sujet d'un appartement rue Henri-Julien, qui ne coûtait effectivement que cinquante dollars par mois. (Nous étions en 67)! Je regardai l'annonce sans pouvoir vraiment la lire, car en fait j'étais terrorisé. Elle replia la petite annonce.

«Tu vois, on peut arriver. C'est seulement cinquante dollars par mois, et c'est chauffé.

– Sur Henri-Julien..., dis-je d'un air perplexe, ne sachant visiblement pas où se trouvait cette rue.

– Oui, c'est à Ahuntsic.

– À Ahuntsic? Près du collège où je suis supposé aller? dis-je en croyant une fraction de seconde à une coïncidence.

– Tu vois, dit-elle, il n'y a pas de hasard.

Je ne sais pas s'il n'y a ou non de hasard, mais je sais qu'elle n'avait en tout cas rien laissé au hasard.

«Alors, qu'est-ce que tu en dis?

– Je ne sais pas, c'est si soudain.

– Je suis sûr que nous allons réussir, reprit-elle, on est jeunes, on a toute la vie devant nous, et quand on a un rêve et qu'on y croit, pourquoi est-ce que ça ne marcherait pas? Si les soucoupes volantes et les extraterrestres existent, je ne vois pas pourquoi ce serait impossible de se marier tout de suite, même si on est jeunes... D'ailleurs c'est écrit dans les étoiles, de toute manière. Tu ne t'en rends peut-être pas compte encore, parce que tu as trop de choses dans la tête, mais tu vas arriver tôt ou tard à la même conclusion que moi, nous sommes faits pour être ensemble. Alors pourquoi perdre du temps? Imagine, nous serions toujours ensemble, nous pourrions nous coucher ensemble le soir, nous réveiller ensemble le matin. Ce n'est pas ce que tu veux, dis?»

J'étais sensible à son enthousiasme, qui m'arrachait presque les larmes, et pourtant je dis:

«Oui, mais... il faut que... que je réfléchisse...»

Son visage se durcit:

«Que tu réfléchisses? Tiens, ça me rappelle quelque chose, ça.

— Ça te rappelle quelque chose?

— Oui, ou plutôt quelqu'un. Mon ancien ami qui voulait réfléchir lui aussi et qui m'a fait "niaiser" pendant un an avant de me dire que finalement il n'était pas prêt à s'engager. Pourtant lorsqu'on est dans le sous-sol chez mes parents, et qu'on s'embrasse pendant des heures, tu n'as pas besoin de réfléchir!

— Je... je ne sais pas quoi te dire, tu... tu me prends au dépourvu...

— Oui, parce que tout ce que tu veux, c'est coucher avec moi...

— Mais Brigitte, voyons, tu sais que je t'aime...

— Mais pas assez pour me le prouver tout de suite! Alors, tu ne m'aimes pas. Tu me laisses tomber, tu me trahis! Tu m'avais promis pourtant de ne jamais me faire ça! Et moi, l'idiote, j'avais confiance en toi, j'avais repris goût à la vie! J'aurais dû faire ce que je voulais faire avant de te rencontrer. Je ne serais pas ici en train de me faire briser le cœur. Mais c'est fini! C'est bien fini! Je ne me laisserai plus jamais prendre. Et si ce soir je m'ouvre les veines, tu vas savoir pourquoi!

– Brigitte, voyons, ne monte pas sur tes grands chevaux. Tu sais que je t'aime, que...

– La seule chose que je sais, c'est que tu es comme tous les autres: pour acheter des capotes, tu es bon, mais lorsque vient le temps de s'engager, tu prends la poudre d'escampette! Alors adieu, je n'ai plus rien à te dire.»

Elle tourna alors les talons, s'éloigna d'un pas vif, et je sentis que tout chavirait, que mon univers s'effondrait, et je courus après elle. En trois mois c'était notre première dispute, et elle était virulente, si bien que j'étais vraiment pris au dépourvu. Je la rattrapai bientôt, la saisis par le bras mais elle me repoussa:

«Fous-moi la paix!

– Mais, Brigitte, attends!»

Elle s'immobilisa, me regarda:

«Alors, c'est oui ou c'est non?

– Je...»

Je ne pouvais lui répondre oui, mais je ne voulais pas lui dire non.

«Écoute, toi, tu n'as pas pris ta décision il y a cinq minutes en voyant le film de Dustin Hoffman. Il a fallu que tu y réfléchisses un peu, parce qu'il a quand même fallu que tu fouilles dans le journal pour dénicher cet appartement juste à côté du collège Ahuntsic. Alors, tu ne trouves pas que c'est juste que moi aussi je puisse y réfléchir un peu?»

Elle me regarda, laissa échapper un long soupir, comme si elle était vaincue, comme si elle s'inclinait devant la justesse de mon raisonnement. Elle dit alors sur un ton décidé:

«Une semaine. Je te donne une semaine. Samedi prochain à quinze heures, on se rencontre ici, devant la bijouterie, et tu me diras ce que tu veux.»

Chapitre 17

Semaine étrange que celle que j'allais vivre à la suite de l'ultimatum de Brigitte. Je pensai constamment à elle, tentant de soupeser le pour et le contre, mais lorsque le samedi suivant arriva, je n'avais toujours pas pris une décision. Je tentai de me convaincre que ce n'était peut-être pas très grave, que de toute manière Brigitte avait peut-être bluffé, qu'elle avait déjà oublié ce projet de mariage hâtif, et que nous recommencerions à nous voir comme avant. D'ailleurs, si elle insistait, je pourrais toujours temporiser en lui proposant de remettre le mariage à Noël, ou mieux encore au début de l'année suivante.

Apaisé par ces pensées réconfortantes, je partais pour notre rendez-vous lorsque le téléphone sonna: c'était Brigitte. Sa voix était sèche, presque cassante:

«Je t'appelle pour savoir si tu as pris ta décision, je ne veux pas me rendre à la bijouterie pour rien. Est-ce que c'est oui ou c'est non?»

Tout mon petit plan tombait à l'eau.

«Bien, j'ai pensé à quelque chose, nous pourrions peut-être...

– Je veux savoir: c'est oui ou c'est non?

– Je ne peux pas te répondre comme ça Brigitte.

– Alors c'est fini entre nous : F-I-FI, N-I-NI ! Adieu ! Et surtout ne me rappelle plus, j'ai perdu assez de temps avec toi. Et puis de toute manière, tu es trop jeune pour moi. J'aurais dû y penser dès le début. Salut.

– Brigitte, attends !

Mais elle raccrocha sans me laisser m'expliquer. Je la rappelai, laissai sonner une vingtaine de coups mais elle ne répondit pas. Je raccrochai à mon tour, déçu, bouleversé. Mon cœur, si fragile, se mit à palpiter : il répondait à mes émotions avec une fidélité aussi précise qu'un baromètre à la pression de l'air ! J'éprouvai même une douleur dans la poitrine, j'eus de la difficulté à respirer, comme si j'allais étouffer. Qu'est-ce que je venais de faire ? Brigitte m'avait quitté et cette fois-ci c'était bel et bien fini.

Je pensai à ce qu'elle m'avait dit, que de toute manière j'étais trop jeune pour elle. Elle avait sans doute raison. Elle venait d'avoir dix-huit ans, moi je n'en avais que seize, il était normal qu'elle veuille des choses différentes. Je tentai de me raisonner, de me dire que cette rupture était une bonne chose, et pourtant je me mis à pleurer. Et je pensai que la vie était étrange. Pourquoi avais-je rencontré Brigitte, pourquoi l'avais-je aimée, et pourquoi m'avait-elle donné cet ultimatum insensé : l'épouser alors que je n'avais que seize ans et que j'étais forcément sans métier ? D'ailleurs, non seulement je n'avais pas de métier mais celui auquel je pensais, je ne pourrais peut-être jamais en vivre, alors si en plus j'avais le fardeau d'une famille... Quant à l'idée de vivre aux crochets de Brigitte, elle me répugnait.

Mes palpitations devinrent si vives que je craignis que le malaise ne fût grave. Je me rappelai alors que, le matin, dans mon énervement, j'avais complètement oublié de prendre mes antibiotiques. Je m'empressai de le faire comme je devais le faire religieusement quatre fois par jour selon la sévère prescription du docteur Davignon. J'avalai également deux cachets d'aspirine, que j'avais également oubliés de prendre : décidément, j'étais un très mauvais patient !

De crainte d'être surpris par ma mère ou une des mes sœurs – elles me poseraient des questions auxquelles je n'aurais pas envie de répondre –, je m'empressai de sortir. Dans un état second, je marchai au hasard des rues comme un véritable somnambule. Enfant, je l'avais été plusieurs fois, pour de vrai, à l'étonnement inquiet de mes parents qui ne voyaient pas d'un très bon œil mes curieuses promenades nocturnes en pyjama dans la maison et parfois même dehors au beau milieu de l'hiver!

Comme si un malin génie s'ingéniait à me faire souffrir encore davantage, mes pas me conduisirent jusqu'au parc Notre-Dame-de-Fatima, où j'avais donné rendez-vous à Brigitte le premier soir.

Alors tout de suite, comme le vent par une fenêtre laissée ouverte, les souvenirs affluèrent à ma mémoire, et je revécus notre rencontre à l'Expo, notre première danse, nos premiers baisers, nos longues soirées dans le sous-sol de ses parents...

Banale tristesse d'une séparation, me dira-t-on: mais j'étais d'autant moins armé contre cette rupture qu'elle était la première et que c'est sans doute la pire...

On a beau vouloir le fuir, le chagrin, qui semble vivre de sa vie propre, nous suit aussi sûrement que notre ombre. Pourtant, au fond de moi, je conservais un espoir, ténu il est vrai mais bien réel: Brigitte m'avait trop aimé pour m'oublier aussi rapidement, pour renoncer totalement à moi. Avec le temps, elle me reviendrait: je ne savais pas comment mais elle le ferait aussi sûrement que le jour succède à la nuit, parce que – et c'est elle-même qui l'avait dit – c'était écrit dans les étoiles.

Un mois s'écoula, au cours duquel je ne parlai à personne de ma séparation. Pourtant, un jour de la fin du mois d'août, je m'en ouvris à Maurice qui d'ailleurs avait commencé à me poser des questions parce que je ne lui parlais plus de Brigitte, et que mon humeur était souvent grave.

«Elle voulait que vous vous mariiez!» s'exclama-t-il.

– Oui.

– Mais c'est insensé...

– Je sais mais ça ne veut pas dire que... »

Il hésita:

«Tu l'aimes encore, hein?

– Oui...

– Ça fait mal, je sais ce que c'est...»

Après une pause, il poursuivit:

«Moi, avec Verte...»

Je ne sais pas pourquoi, mais il s'obstinait à l'appeler affectueusement Verte, même si le nom était plutôt désobligeant puisqu'il faisait allusion à la pauvre qualité de son teint. Il poursuivit:

«Je ne le dis pas aux petits chums mais je pense continuellement à elle. Je ne sais pas pourquoi, d'ailleurs. Parce que quand j'étais avec elle, je pensais souvent que nous n'allions pas bien ensemble, et que j'étais mieux de me séparer d'elle, je pensais même que je ne l'aimais pas. Mais je me trompais. Maintenant je sais que je l'aime. Mais je l'ai perdue. Je dois être mal fait.

– Mais non, c'est... c'est seulement que c'est compliqué l'amour...

– Qu'est-ce que tu vas faire?» me demanda Maurice, dont les cheveux châtains étaient de plus en plus longs: son idole était George Harrison, alors il tentait de l'imiter.

– Je ne sais pas. Rien.

– Rien? Mais ça ne te ressemble pas, Marc. Tu ne devrais pas laisser tomber comme ça. Elle a peut-être envie de te revoir, mais elle n'ose pas et elle veut que tu la rappelles même si elle t'a interdit de le faire: simple contradiction féminine...»

Il me portait à réfléchir. Mieux encore, il me convainquait que je devais agir.

Et le lendemain, je fis mieux que de téléphoner à Brigitte.

Je résolus d'aller lui acheter la bague qu'elle m'avait montrée à la bijouterie.

Seul obstacle, mais de taille: je n'avais pas l'argent. Peu importait: ma mère viendrait à mon secours!

«Qui veut connaître la valeur de l'argent, dit le proverbe, n'a qu'à tenter d'en emprunter.» Ma mère n'était certes pas attachée aux biens de ce monde – en fait la seule chose à laquelle elle tenait, outre notre père, c'était à nous, ses enfants – et pourtant elle accueillit plutôt froidement ma requête. Ou en tout cas avec un étonnement inquiet.

Elle était calée dans son fauteuil préféré, et lisait un roman de Gide, *La Porte étroite*, lorsque je la surpris par ma demande.

«Trois cents dollars? demanda-t-elle en refermant son roman. Mais c'est une somme!

– Je sais... dis-je en abondant dans son sens, et en me décourageant un peu vite. Si tu ne l'as pas, tu peux me dire non...

– Cet argent, je l'ai... Et je suis même prête à te le prêter, seulement, j'aimerais savoir ce que tu comptes en faire...

– Je...je ne peux pas te le dire...»

Le visage de ma mère s'assombrit. Mes excès intellectuels des derniers temps, mes insomnies m'avaient laissé avec un teint plutôt pâle, des yeux cernés, parfois vitreux même. Ma mauvaise mine était sans doute pour ma mère la source d'une inquiétude dont elle ne s'était jamais ouverte à moi, par discrétion. L'occasion était maintenant toute trouvée.

«C'est personnel», ajoutai-je.

Personnel: le mot était vague à souhait et n'eut pas la vertu de rassurer ma mère, du moins si j'en jugeais par la ride qui traversa son beau front.

«Écoute, Marc, tu sais que tout ce qui te concerne a toujours été de la plus haute importance pour moi. Tu sais que j'ai toujours respecté tes décisions, tes choix... Je suis pour la liberté, et je pense que je ne t'ai jamais contraint dans quoi que ce soit... Mais il reste qu'il y a des choses que... comment dire, que je ne peux pas tolérer sous mon toit...

— Je... je ne comprends pas trop ce que tu veux dire....

— Je te vois depuis quelques semaines, tu n'es plus le même, Marc! Tu as maigri, tu es blême comme un drap, tu n'as plus d'appétit, tes yeux sont cernés... Ce qui t'arrive est évident, Marc...»

Diable! Avait-elle le don de divination de la pythie de Delphes? Comment au juste pouvait-elle savoir que j'avais un chagrin d'amour, que je tentais d'oublier dans mes livres?

«Je ne comprends pas...

— Eh bien, je n'aurais jamais pensé que mon fils ferait un jour comme tant d'autres qui n'ont pas eu ta chance, et qui finalement se sont jetés dans la drogue!»

Enfin elle lâchait le mot! Enfin je comprenais le malentendu!

«Mais, maman, je te jure, tu fais fausse route!»

Elle ne disait rien, me considérait maintenant, accablée de penser qu'elle devrait bientôt admettre un autre travers chez son fils qu'elle avait toujours cru parfait: non seulement étais-je un drogué, mais aussi un menteur! Elle n'en revenait pas.

«Alors si ce n'est pas pour de la drogue, pourquoi as-tu besoin de ces trois cents dollars? Tu me prends pour une valise ou quoi?»

Décidément, je ne l'avais jamais vue dans cet état!

«C'est un secret, dis-je, je ne peux pas te de le dire.

– Alors moi je ne peux pas te passer cet argent. Pas sans savoir. Je ne veux pas prendre la chance de te subventionner pour la drogue.»

Je n'avais plus le choix. Demander l'argent à mon père, je ne l'aurais pas osé. Et de toute manière, il en aurait probablement parlé à ma mère, qui lui aurait fait part de ses doutes.

«Je... C'est pour acheter une bague...

– Une bague?» demanda ma mère avec étonnement.

– Oui, pour Brigitte.

– Vous vous êtes réconciliés?» demanda-t-elle, radieuse.

Je croyais lui avoir caché notre rupture, mais bien entendu, elle l'avait devinée.

«Non, mais... elle voulait que j'achète cette bague, et j'ai refusé à l'époque, et c'est pour ça que nous nous sommes séparés...

– Pour une bague?

– C'était une bague de fiançailles...»

J'avais préféré dire fiançailles plutôt que mariage, pour ne pas trop affoler ma mère, sachant que parfois les fiançailles pouvaient durer des années – et aussi être rompues...

À ces mots, les yeux de ma mère se mouillèrent de larmes. Elle ne dit rien d'abord, s'approcha de moi, me serra dans ses bras.

«Oh! Marc, dit-elle enfin, tu me fais tellement plaisir.

– Ça te fait plaisir que je me fiance, c'est vrai?

– Ça me fait surtout plaisir que tu ne prennes pas de drogue. Je ne sais pas si c'est une très bonne idée de se fiancer à ton âge, mais après tout, moi, je me suis bien mariée à dix-neuf ans. Demain, j'aurai l'argent.»

Je l'embrassai avec reconnaissance.

Le lendemain, exalté, l'argent en poche, je me rendis à la bijouterie. Mais je n'aperçus pas la bague dans la vitrine. Inquiet, j'interrogeai la vendeuse.

«Oh! je regrette, elle a été vendue.

– Vous en êtes certaine?

– Oui.

– Et vous rappelez-vous à qui?

– Oui. À la belle fille rousse qui venait la voir depuis si longtemps.»

J'étais atterré, je parvins pourtant à demander:

«En êtes-vous sûre?

– Mais oui, c'est moi qui ai fait la vente.»

Vingt minutes plus tard, le cœur agité de douloureuses palpitations, je frappai à la porte de Brigitte. C'est sa mère qui m'ouvrit, avec ses lèvres minces, son regard dur.

Je ne sais pas pourquoi, j'avais toujours eu l'impression que ma tête ne lui revenait pas, en tout cas que je ne lui étais pas extrêmement sympathique, et ce, malgré mes efforts pour lui plaire: compliments, petits cadeaux, services...

Peut-être trouvait-elle que j'étais trop jeune pour sa fille, et que, parce que je n'étais somme toute qu'un étudiant sans avenir – qui en outre voulait devenir écrivain! –, je représentais un fort mauvais parti. À trente-cinq ans, elle en paraissait presque quarante-cinq. Elle s'était mariée à dix-sept ans, «forcée», m'avait avoué Brigitte, parce qu'elle était enceinte d'elle et qu'à l'époque l'avortement n'était pas monnaie courante: d'où la haine qu'elle vouait à sa fille, d'autant que son futur mari l'avait un peu prise de force...

J'avais dû la déranger alors qu'elle lavait la vaisselle, car elle tenait un linge à carreaux bleu et blanc et asséchait ses mains.

«Est-ce que Brigitte est là?

– Non», dit-elle sans amabilité aucune.
– Est-ce que vous l'attendez?
– Non.
– Vous ne l'attendez pas ce soir?
– Non. Elle n'habite plus ici.
– Brigitte n'habite plus ici.
– Brigitte s'est mariée la semaine dernière.»

J'étais estomaqué. C'était impossible, et pourtant je savais bien que sa mère n'était pas du genre à plaisanter. D'ailleurs je ne l'avais pas vu sourire une seule fois depuis que je fréquentais Brigitte.

«Elle... elle a rencontré quelqu'un?»

La mère de Brigitte me toisa un instant en silence, estimant sans doute que je lui demandais des choses qui ne me regardaient pas. Mais sans doute plus par méchanceté que pour satisfaire ma curiosité, elle expliqua:

«Non. Elle a revu son ancien copain. Et ils ont décidé de se marier. Est-ce qu'il y a autre chose?

– Je... je n'en reviens pas.

– Il va falloir que tu en reviennes. De toute manière vous n'étiez pas faits pour aller ensemble. Et puis Brigitte voulait se marier. Son mari a vingt-trois ans, une auto, un vrai job. Alors je te demanderais de ne jamais tenter de revoir ma fille. Tu as eu ta chance, tu l'as ratée, maintenant, laisse-la en paix. Elle a sa vie à vivre. Est-ce que c'est assez clair?

– Oui, madame.»

Je tournai les talons, m'éloignai de cette maison dans laquelle j'avais connu tant de joies, tant d'émois, et dans laquelle aussi, je le savais, je ne pénétrerais jamais plus.

Je croyais avoir eu du chagrin lorsque je m'étais séparé de Brigitte la première fois, mais ce n'était rien en comparaison de la douleur que j'éprouvais.

La première fois, j'étais un funambule (après avoir été somnambule: décidément!) qui travaillait avec un filet et ma chute n'avait pas été fatale. Maintenant, j'avais l'impression que je ne cesserais de tomber et qu'en tout cas je ne m'en relèverais jamais.

S'il y a des degrés de souffrance dans la rupture, être quitté pour un autre est sans doute le sommet de la douleur: les espoirs de réconciliation qui adoucissent notre douleur s'anéantissent presque du même coup, exaltant notre peine. Et quant au surplus l'être aimé vous abandonne pour se marier, comme c'était mon cas, la coupe déborde...

Je n'avais jamais vu mon rival heureux, mais je me persuadai aisément, même si je n'en avais aucune preuve formelle, qu'il devait être beau. Moi, je ne l'étais pas. En outre, il était plus âgé que moi, et, comme n'avait pas manqué de le préciser avec un malin plaisir la mère de Brigitte, il avait un véritable travail alors que moi je n'étais qu'un pauvre étudiant qui aspirait à devenir romancier!

Mes vieux complexes – je devrais plutôt dire mes jeunes complexes car ce n'est qu'à l'adolescence que j'avais découvert mes insuffisances! – refaisaient surface.

J'en vins même à regretter de ne pas avoir suivi les sages conseils de mon père. Si la mère de Brigitte avait su que je voulais devenir avocat, elle aurait peut-être dissuadé sa fille d'épouser son copain, elle l'aurait peut-être convaincue de m'attendre, parce que, comme chacun sait, un avocat est un bon parti.

Quoi qu'il en soit, je payais cruellement le prix de mes hésitations. J'avais perdu Brigitte à tout jamais. J'avais tout perdu. Je ne m'étais pas éloigné de cent pas de sa maison qui avait accueilli tant de nos étreintes que, effondré, je m'assis au bord du trottoir et je fondis en larmes. J'étais désespéré. Que faire? Je n'avais plus d'avenir. Je n'en avais d'ailleurs peut-être jamais eu. Et sans Brigitte, de toute manière, je n'avais plus envie de rien...

Combien de temps pleurai-je ainsi, assis sur le bord du trottoir? Je ne sais trop. À un moment, une idée germa dans ma tête, une idée lumineuse et simple qui me délivrerait de mon chagrin. Je me penchai vers mes chers *adidas* que je portais même lorsque je ne courais pas, et j'en resserrai minutieusement les lacets, comme si je me préparais pour une importante course, pour la plus importante course de ma vie. Puis je me levai, et, la poitrine secouée par mes sanglots, je me mis à courir, au hasard des rues...

Je ne savais vers quel lieu me portaient mes pas, mais peu m'importait, il suffisait que je coure. Je ne voyais pas bien devant moi, parce que mes yeux étaient encore baignés de larmes, parce que je voyais constamment, comme une hallucination, le beau visage de Brigitte...

Les cinq premières minutes, rien d'anormal ne se produisit. Mais bientôt la douleur que j'attendais, que j'espérais, qui me délivrerait... Cette douleur caractéristique au côté gauche de ma poitrine, parce que mon cœur brisé supportait mal cet effort qui se prolongeait, d'autant que je courais plus vite qu'à l'accoutumée...

Et puis, bientôt, comme pour confirmer la gravité de cette douleur, un goût de sang qui me monte à la bouche, ce même goût que j'avais éprouvé, au sortir de l'hôpital, lorsque j'avais mis en doute le diagnostic du docteur Davignon, et que je m'étais écroulé devant la *Biscuiterie* de mon enfance...

Je sais bien que je devrais m'arrêter, parce que je cours un risque... Mais non, mes pieds me portent, malgré la douleur qui devient de plus en plus insistante... Maintenant, je cours depuis une bonne quinzaine de minutes...

Je vois toujours le visage de Brigitte... Puis, je ne sais pourquoi, l'image de mes amis m'apparaît: Pierre, Jean, Maurice, Raymond, mes compagnons de toujours... Puis c'est mon père qui se présente devant moi, comme un avocat, avec sa toge, mais aussi comme un juge, mon père que j'admirais tant et que j'ai tant déçu parce que j'ai refusé de devenir avocat... Et puis c'est au tour de ma mère, ma mère qui m'adore et dont je briserai le cœur, car je suis son seul fils, ma mère qui, selon son expression, pleurera toutes les larmes de son corps...

Pardonne-moi, petite mère, pardonne-moi! Mais vivre sans Brigitte, je ne peux pas...

Je cherche mon souffle, je sais bien que je devrais m'arrêter, et pourtant je cours encore cinq bonnes minutes, sans ralentir, et bientôt la douleur devient encore plus intense, et j'ai l'impression que mon cœur va exploser... Ma vision se trouble, un étourdissement me gagne. Et bizarrement, comme Socrate à la veille de la mort avait rappelé à ses amis qu'il devait un coq à Esculape, je m'avise que je n'ai pas remis à ma mère les trois cents dollars qu'elle m'a prêtés bien inutilement pour cette bague que Brigitte a reçue d'un autre homme, et je m'effondre.

Chapitre 18

Lorsque je repris conscience, je gardai quelques instants les yeux fermés. J'entendis autour de moi les bruits d'une conversation. Il me sembla reconnaître la voix de Raymond: il savait toujours tout ce qui passait dans le quartier et avait dû apprendre avant moi la nouvelle. Il expliquait:

«Elle s'est mariée, la semaine dernière...

– Ah, je ne savais pas, dit ma mère dont je reconnaissais la voix troublée, il m'avait emprunté de l'argent pour lui acheter une bague de fiançailles, il a dû être...»

Elle n'acheva pas.

Un silence, puis elle reprit:

«Quand va-t-il se réveiller, docteur?

– Je ne sais pas, madame, je ne sais pas...»

J'ouvris les yeux, ma mère fondit en larmes, se pencha pour m'embrasser.

«Oh! Marc, Marc, tu nous as fait tellement peur...»

Elle me serra longuement. Je ne disais rien. Je me contentais de sourire. J'étais dans une salle d'urgence. Autour de moi, il y avait mon père, Maurice, Raymond, deux de mes sœurs: on avait cru bon de ne pas amener la cadette, Henriette...

On ne me questionna pas sur ce qui m'était arrivé, comme si on se doutait que j'avais volontairement surmené mon cœur. Le médecin expliqua que j'avais commis une imprudence – un mot qui fut tout de suite adopté par la famille –, que j'avais demandé à mon cœur un effort trop grand, d'où mon évanouissement. Je n'avais pas subi de crise cardiaque, mais mon cœur était resté enflé – oui, j'avais le cœur gros, je m'en doutais – et je souffrais d'arythmie. Je pus quitter la clinique le lendemain même de mon admission mais on me mit au grand repos pendant une semaine,

Dans les jours qui suivirent, ma famille et mes amis m'entourèrent des soins les plus grands, et personne jamais ne me questionna sur mon «imprudence». Ma mère se douta-t-elle que, dans un élan de désespoir, j'avais voulu mettre fin à mes jours par cette course suicidaire? Je ne sais. Toujours est-il qu'elle n'aborda jamais la question pas plus qu'elle ne m'interrogea au sujet de Brigitte ou de ma déception, jugeant sans doute que, si je voulais lui en parler, j'en prendrais moi-même l'initiative.

À la fin de ma semaine de repos forcé, je devrais retourner aux études puisque nous approchions de septembre et comme cette perspective ne me réjouissait guère, je profitai de mes derniers jours de liberté. Lorsque je dis liberté, il faut s'entendre: j'étais cloué au lit. Ainsi immobilisé, privé de la tendresse de Brigitte à laquelle je pensais constamment même si mon amour pour elle était sans espoir, je me jetai dans mes livres.

Nietzsche a dit: «Dès qu'on retire à un homme de la chair, il réclame de l'esprit!» L'homme est un jeu de vases communicants: une porte se referme, une autre s'ouvre. J'en étais la preuve vivante.

J'avais toujours aimé lire, je devins un ogre, dans les jours, les mois qui suivirent. Il me fallait ma pâture quotidienne, qui était considérable. Je pouvais lire de sept heures le matin à minuit le soir, sans éprouver la moindre fatigue, comme si l'ardeur amoureuse que je ne déployais plus nourrissait maintenant mon indéfectible vigueur mentale. Je ne m'interrompais que pour avaler en vitesse les repas que ma mère me préparait amoureusement et me servait d'ailleurs comme de véritables médicaments, secrètement persuadée qu'ils hâteraient ma guérison.

Systématique dans le nombre d'heures que je consacrais quotidiennement à la lecture, je l'étais aussi dans mes enthousiasmes, et lorsque je découvrais un auteur, je lisais tout ce que je pouvais trouver de lui. C'est ainsi que je dévorai presque tout Dostoïevski, dont je goûtai plus particulièrement *L'Idiot* et *L'Éternel Mari*. Je succombai au style brillant de Cocteau: *Thomas l'Imposteur* me ressemblait, il me semble, comme il ressemblait à nombre de mes camarades... Mais les imposteurs, ce n'était pas nous, c'était au contraire les grandes personnes, qui voulaient mettre à nos cous idéalistes le gris et banal carcan du réalisme. Nous avions lu et compris Rimbaud: la vraie vie était ailleurs!

Je m'attaquai hardiment à Nietzsche, qui était à la mode à l'époque. À la fin des années soixante, jamais le culte du génie n'avait été autant célébré. Comme le jeune Hugo avait lancé: «Je serai Chateaubriand ou rien du tout!», les jeunes semblaient dire: «Je serai un génie ou rien du tout.» L'ennui est que, lorsque vient le temps d'estimer sa valeur, l'intelligence est à la fois juge et partie. Comme disait Pascal, l'homme qui boite le voit, celui qui pense incorrectement ne le sait pas: d'où les inévitables désillusions qu'apporte tôt ou tard le test de la réalité. Nous admirions Nietzsche non seulement parce qu'il était génial, mais parce qu'il était mort fou: ce n'est que plus tard que j'appris, avec une certaine déception, comme si cela diminuait son génie (la folie en était la preuve éclatante!), qu'il était en fait mort des complications d'une syphilis mal soignée.

Comme entremets au philosophe allemand, je m'offrais de grandes portions de Sartre, dont l'existentialisme était à la mode: tout le monde avait lu *La Nausée*, tout le monde disait avoir lu *L'Être et le Néant*. Je me contentai de la bibliophagie maniaque de Roquentin: je m'étais découragé dès les premières pages du célèbre traité de Sartre. Mais peu m'importait: après tout, c'est romancier que je voulais devenir, et non pas philosophe! Pourtant, je voulus m'attaquer à la *Phénoménologie de l'esprit* d'Hegel. Mais je ne me rendis pas à la moitié, n'en compris pas le quart, et n'en retirai probablement rien. L'atmosphère de ce sommet philosophique était trop raréfiée pour mes poumons de néophyte.

Se retrouvait également dans ma besace l'incontournable Balzac, avec le pathétique *Père Goriot*, certes, mais surtout l'ambitieux Rastignac auquel il ne m'était pas difficile de m'identifier surtout lorsqu'il lance à Paris son fameux: «À nous deux maintenant!» Balzac. Dont la vie prodigieuse, les veilles laborieuses m'exaltaient peut-être plus que ses romans eux-mêmes. Évidemment, vu ma faiblesse cardiaque, je ne pouvais comme lui me doper de café pour soutenir mes efforts littéraires: une seule tasse prise le soir suffisait à me priver de sommeil pendant des heures et me donnait aussi des palpitations douloureuses.

Mes admirations étaient éclectiques, mes emballements ne s'embarrassaient pas de contradictions. Si j'étais transporté par la vie tumultueuse de Balzac, j'admirais aussi l'existence monastique de Flaubert qui passait des années à peaufiner un roman que son célèbre confrère, plus négligé il est vrai, expédiait en trois semaines pour satisfaire aux exigences de ses éditeurs et de ses innombrables créanciers.

Septembre arriva avec ses soleils plus timides, ses nuits plus fraîches, et je fis mon entrée au collège Ahuntsic, sans grand enthousiasme, d'ailleurs, et, si ce n'est à reculons du moins d'un pas fort mesuré car depuis mon «imprudence», je m'essoufflais au moindre effort.

Au collège de la rue Saint-Hubert, je découvris des étudiants pour la plupart plus âgés que moi, mais qui pourtant me furent immédiatement sympathiques: et pour cause, ils étaient plus intéressés à parler de la mort de Brian Epstein, le manager des *Beatles*, survenue le 27 août dernier, que de leurs cours. Moi non plus, mes cours ne m'intéressaient guère. J'avais fait à mon père la concession de le laisser m'inscrire en droit, mais cette concession était purement formelle car, à la vérité, dès le début je désertai les classes.

J'aurais pu, il est vrai, être attiré par les jeunes filles qui les fréquentaient mais j'étais encore follement épris de Brigitte et, bien absurdement, j'étais résolu à lui demeurer fidèle. À la vérité, l'idée même de connaître une autre fille, de l'embrasser, me dégoûtait.

Je me rendais tous les jours de la semaine au collège, bien sûr, pour ne pas affoler mes parents, mais au lieu d'assister à mes cours, je me réfugiais le plus clair du temps à la bibliothèque. D'ailleurs je ne me contentais pas d'y faire de la lecture. Je m'étais aussi mis à écrire un roman. Maintenant que je m'étais séparé de Brigitte, j'avais une meilleure raison encore de vouloir devenir romancier. Bien banalement, dans l'idéalisme naïf de ma jeunesse, je rêvais d'écrire un roman qui me rendrait illustre. Lorsque Brigitte me verrait installé au sommet de ma gloire soudaine, elle ne pourrait résister à mon charme nouveau: elle abandonnerait son mari et me reviendrait. Après tout, ne s'était-elle pas mariée sur un coup de tête? Et puis, ne m'avait-elle pas dit que nous étions faits l'un pour l'autre et que c'était écrit dans les étoiles?

Je fréquentais régulièrement la célèbre librairie *Tranquille* de la rue Sainte-Catherine. L'année précédente, son illustre propriétaire, Henri Tranquille, m'avait fait l'honneur de son amitié, et depuis me conseillait dans mes lectures, guidait mes premiers pas d'écrivain et acceptait, chaque fois qu'il était libre, de disputer une partie d'échecs avec moi.

Lorsque j'eus mis le point final à mon bref roman philosophique de cent pages, je m'empressai de le porter à Tranquille puis, anxieux, attendis son verdict qui me surprit par sa rapidité. Le libraire infatigable était à la lecture ce que Balzac était à l'écriture: il y consacrait des nuits entières!

À mon étonnement, il me rendait le lendemain même son verdict, qui tomba comme un couperet:

«Vous avez trop lu Voltaire. Ce n'est qu'un pastiche de *Candide*.»

J'étais effondré. Il avait vu juste. Tout le temps où je m'étais échiné sur ma première œuvre, je m'étais nourri de Voltaire: de *Candide*, en effet, de *Micromégas*, de *Zadig*. Dans ma naïveté, je n'étais pas conscient de pasticher. Ou plutôt je l'étais: simplement, je n'y voyais pas une faute.

Ignorant ce qu'était le roman véritable, je voyais dans mon mimétisme une vertu: si je pouvais écrire comme Voltaire, dont Gœthe lui-même avait dit qu'il était «le Français suprême, le plus grand écrivain de tous les temps», c'est que, sans me hisser à sa hauteur, j'avais au moins quelque talent. Je ne comprenais pas que l'imitation, même habile, est une singerie. Le rôle de l'art est d'innover: écrire comme Voltaire au vingtième siècle est aussi futile que de prétendre réinventer le calcul différentiel après Pascal ou Leibniz qui, comme chacun sait, l'inventèrent en même temps; ou refaire du Bach, comme certains musiciens qu'on appelle à tort modernes puisqu'ils accusent un retard de trois cents ans!

Fort en thème à l'école, je l'étais resté à mon insu dans mon premier roman: j'avais fait avec mon histoire un thème français et non pas latin, en utilisant comme langue d'arrivée la langue de Voltaire!

Toutes ces remarques, c'est Tranquille qui me les fit avec sa verve habituelle. D'autres que moi auraient pu le trouver dur: sa sincérité était la marque de son amitié. Pourtant, il voulut tout de même adoucir la sévérité de son jugement en ajoutant, comme il le faisait presque invariablement, même après ses envolées les plus enflammées, les plus convaincues: «Je peux peut-être me tromper, ce n'est que mon opinion.»

L'ennui est qu'il ne se trompait pas. J'aurais pu élever des protestations indignées, défendre mon roman, qui ne pouvait tout de même pas être totalement dénué de qualités. Mais je sentais que Tranquille avait raison. Pape de la littérature, il en avait aussi l'infaillibilité, mais – et c'était un attrait supplémentaire de son charisme légendaire – il avait l'infaillibilité aussi modeste que d'autres ont la bêtise triomphante!

«Croyez-vous qu'il vaille la peine de continuer?» demandai-je timidement à mon mentor, qui venait de me servir la leçon la plus difficile sans doute mais la plus utile, celle de la vérité: pour lui, comme l'éloignement qui allume les grandes passions mais éteint les petites, la vérité n'étouffait que les faux talents.

– Vous avez mis combien de temps à écrire votre roman? me demanda-t-il.

– Trois mois, dis-je.

– Vous avez sûrement des dispositions. Essayez seulement d'être plus original. Le roman est un miroir, mais pour avoir quelque valeur, il ne faut pas que ce soit le miroir d'un miroir.»

De retour chez moi, je mesurai, découragé, toute la distance qui me séparait de mon but. Moi qui me croyais génial, qui étais persuadé d'avoir écrit non pas un chef-d'œuvre – je conservais un reste de lucidité! – mais au moins un roman valable, je n'avais rien pu faire de mieux que d'accoucher d'un pastiche sans valeur de Voltaire!

D'ailleurs je m'étais doublement trompé: non seulement je ne m'étais pas rendu compte de mon manque d'originalité, mais j'avais cru que ma rapidité d'exécution garantissait la valeur de mon œuvre! Or, il est sûrement autant de navets qui ont vu le jour rapidement que de chefs-d'œuvre qui sont l'aboutissement d'une longue peine!

Et dire que j'avais séché mes cours, compromis ma session avec la certitude d'écrire un roman qui me permettrait de trouver rapidement un éditeur, d'être publié, de connaître quelque gloire!

Je savais que je m'étais montré mauvais étudiant, faisant mes travaux à la dernière minute, manquant deux cours sur trois, mais ce n'est qu'au mois de janvier, lorsque je reçus mes notes, que je constatai l'ampleur du désastre. Je ne m'en affolai pas outre mesure: je voulais devenir romancier et j'estimais – peut-être à tort – que mon apprentissage ne pouvait être que solitaire, si j'exceptais bien entendu les conseils de Tranquille.

Mon père, par contre, n'eut pas la même réaction: beaucoup s'en fallait. Lorsqu'il prit connaissance de mon bulletin, dans son bureau où il était en conversation avec ma mère, il dit, prenant cette voix autoritaire qui, chez lui, n'augurait jamais rien de bon:

«Ma chérie, s'il te plaît, j'aimerais que tu nous laisses seuls, ton fils et moi.»

Chapitre 19

«*T*on fils et moi!» avait jeté mon père.

J'avais remarqué qu'il disait «mon» fils lorsqu'il vantait mes mérites: il réservait «ton» fils aux conversations animées avec ma mère, lorsqu'il avait des griefs contre moi. Ma mère, qui avait senti venir l'orage, tentait de rester dans le bureau où mon père m'avait convoqué. Comme toujours, elle espérait me servir de bouclier. Mais mon père se montra inflexible.

Ma mère me lança un regard désespéré, et pour ne pas désobliger mon père, pour ne pas entamer la belle solidarité dont ils s'étaient toujours tous les deux enorgueillis vis-à-vis de nous, elle se retira.

Mon père brandit aussitôt mon bulletin.

«C'est honteux, Marc! Tu as trois échecs sur cinq cours. Est-ce que tu te rends compte?»

Je ne savais que répliquer: lui dire la vérité, que j'avais séché mes cours, que j'avais expédié mes travaux de fin de session, j'en étais incapable. J'avais vaguement cru que mon brio ancien allait me sauver *in extremis* et me permettre au moins d'obtenir la note de passage. Je m'étais trompé.

Mon père me jeta littéralement mon bulletin au visage. Ce geste qui n'était pas du tout son genre, je l'aurais sans doute réprouvé dans d'autres circonstances: mais j'étais vraiment dans mes petits souliers.

Tremblant d'émotion, honteux (c'est le mot qu'il avait employé et j'éprouvais tout à coup cette honte!), je rattrapai mon bulletin avant qu'il ne tombe par terre.

«Tu as même échoué ton cours de français! Et tu rêves de devenir écrivain!»

C'était vrai, j'avais échoué mon cours de français, ce qui était tout de même ironique, et pas très encourageant pour un jeune homme qui avait la prétention de devenir romancier!

«Je... je ne sais vraiment pas quoi te dire... je...

— Tout le temps que tu as passé le nez dans tes livres, à étudier, à rédiger des travaux, je ne peux pas croire que tout cela ait abouti à des notes si minables...

— Je... j'écrivais un roman..., avouai-je enfin.

— Un roman? Mais tu es complètement fou, je croyais que nous avions un pacte. Tu faisais ton droit, et ensuite tu faisais ce que tu voulais. Mais à la place tu as écrit un roman en cachette...»

L'expression me surprenait, et pourtant elle n'était pas loin de la vérité: je ne me cachais pas pour écrire, mais je ne m'en vantais pas de crainte qu'on me l'interdît.

«Je... je ne sais pas quoi te dire, papa, c'était plus fort que moi...

— Moi, je sais quoi te dire, Marc! Et je vais te le dire! Tu es en train de détruire tous les efforts de ton passé, et tous les espoirs que ta mère et moi avons mis dans ton avenir. Comme tu n'es pas capable d'agir en adulte, je vais décider pour toi. Je te donne le choix: ou tu renonces à tes ambitions absurdes et tu te mets sérieusement à l'étude du droit, ou tu quittes cette maison. Je ne tolérerai pas sous mon toit un futur raté.»

Je demeurai bouche bée.

«Je vais te donner vingt-quatre heures pour prendre ta décision.

– Je n'ai pas besoin de vingt-quatre heures, papa. Ma décision est déjà prise. Je ne deviendrai pas avocat.

– Alors tu n'es plus ici chez toi! Je veux que d'ici la fin du mois tu sois parti. Tu verras ce que c'est, la vie de poète!»

Et il me tourna le dos. Il avait dit ce qu'il avait à dire. La conversation était terminée.

Chassée quelques minutes plus tôt, ma mère n'était sûrement pas allée très loin car dès les premières paroles affolées qu'elle prononça en rentrant en trombe dans le bureau de mon père, je compris qu'elle avait entendu toute la conversation.

«Tu m'avais promis que tu n'irais pas si loin, Édouard! Tu ne peux pas faire ça.»

Mon père se tourna, livide:

«Il ne veut rien entendre. Il faut qu'il ait une leçon. Ici on étudie ou on travaille. Je ne supporterai jamais de fainéants sous mon toit. Dans la famille on a toujours travaillé, et ce n'est pas ton fils qui va changer cette tradition.

– Mais comment va-t-il faire pour vivre? protesta ma mère. Il n'a pas de métier, pas de revenus...

– Il n'en aura pas plus dans cinq ans. Ce n'est pas un métier: écrivain. Alors aussi bien qu'il s'y fasse tout de suite, avant qu'il soit trop tard et que sa vie soit gâchée à tout jamais.»

Embarrassé, sous les regards catastrophés de ma mère, je quittai le bureau de mon père.

La discussion de mes parents se poursuivit un long moment, mais mon père ne fléchit pas: en tout cas ma mère ne vint pas ce soir-là me trouver dans ma chambre pour m'annoncer, triomphante, qu'elle avait pu ébranler la détermination de mon père. Ni ce soir-là ni les suivants d'ailleurs.

Pourquoi avais-je ainsi tenu tête à mon père? Pourquoi avais-je accepté de me laisser chasser de la maison familiale? Pour défier, comme il arrive si souvent aux adolescents, l'autorité paternelle? Je ne sais pas.

J'avais une idée fixe: devenir romancier, et aucun argument ne me ferait changer d'idée, aussi sensé fût-il. Pourtant, je savais fort bien que mon père ne bluffait pas et qu'il ne plierait pas. Si je ne renonçais pas à l'absurde appel de ma vocation, si je ne lui promettais pas de me remettre sérieusement à mes études de droit, je devrais partir.

D'ailleurs la question qu'il me posa deux semaines après cette discussion animée ne laissa aucun doute dans mon esprit quant à la nature de ses intentions: «Et puis, tu as trouvé un appartement?»

Était-ce bravade de sa part? Souhaitait-il me rappeler le sérieux de sa décision? Je ne sais pas. J'avais de la difficulté à raisonner. J'étais confus. Je ne m'étais pas encore relevé de ma séparation avec Brigitte. M'en relèverais-je jamais?

Les vocations, même les plus fermes, même les plus sérieuses, sont rarement bien affermies à l'âge de seize ans. Et ce n'était certes pas mes piètres résultats en français qui m'avaient confirmé dans mes ambitions littéraires. Pas plus d'ailleurs que le succès de mon ridicule pastiche voltairien, dénoncé par Tranquille.

Et pourtant je m'entêtais, comme si mon orgueil plus que ma conviction entrait dans ma décision... À moins que... J'étais peut-être simplement affligé d'un début de dépression nerveuse qui obscurcissait mon jugement... Chose certaine, je ne semblais pas m'inquiéter de ne pas avoir de travail, d'argent en banque si ce n'est les trois cents dollars que ma mère m'avait prêtés et jamais réclamés, comme si elle avait gentiment décidé de m'en faire généreusement cadeau pour adoucir ma peine, qu'elle devinait être grande même si je ne m'en étais jamais ouvert à elle.

Peut-être tout simplement était-ce mon destin, et mon insouciance ne faisait que servir ses mystérieuses volontés...

Si le renvoi paternel ne semblait pas trop m'affecter – même à une semaine du jour fatidique! – il avait créé un émoi dans la famille.

«Il paraît que tu quittes la maison?» demanda ma plus jeune sœur Élisabeth, un jour que je passais devant sa chambre.

Ma sœur Suzanne la coiffait avec une certaine impatience, car, pressée, elle avait rendez-vous avec son amoureux, Jacques Hébert.

«Oui, c'est vrai, dans une semaine.»

Je disais une semaine et je n'avais pas encore trouvé d'appartement.

«Cool, dit ma sœur cadette, tu vas pouvoir te coucher à l'heure que tu veux!

– Et il va aussi pouvoir manger ce qu'il veut, c'est-à-dire rien!» objecta ma sœur aînée qui paraissait bouleversée par ce surprenant départ.

Elle s'empressa d'ajouter:

«As-tu bien réfléchi?

– Oui.

– As-tu pensé que tu cours inutilement après la misère?

– Il faut faire des choix dans la vie.

– Tu vas faire comment pour payer ton appartement?

– Je vais m'arranger.

– Tu vas être obligé de travailler, et tu ne pourras plus étudier: tu n'auras jamais de diplôme, et dans la vie on ne peut rien faire sans diplôme», décréta Suzanne.

– C'est quoi un diplôme?» demanda Élisabeth, intriguée par ce nouveau mot, et les vertus magiques qu'il paraissait posséder.

– C'est un bout de papier qui ouvre toutes les portes.

– Même la porte de ta penderie que tu barres pour que je ne prenne pas ton linge?

– Idiote! Tu ne comprends rien.

– Explique-moi!

– Je n'ai pas le temps. Tu comprendras un jour.

– Je veux comprendre tout de suite! protesta-t-elle. Ça m'intéresse un diplôme, moi. Est-ce qu'ils en vendent à la *Biscuiterie?*

– Non, un diplôme, ça ne s'achète pas.

– Ah! c'est moche... dit la petite en plissant les lèvres, fort déçue.

– De toute manière, je n'ai plus le temps pour tes cheveux, jeta alors Suzanne, tu les placeras toi-même. Il faut que je parte, maintenant.»

Et elle lança avec humeur le peigne sur le lit de ma sœurette. Avant de sortir de la chambre, elle me servit cet ultime avertissement:

«Penses-y par deux fois, Marc. Marie-Josée a décidé de partir en appartement, le mois dernier, et elle se rend compte que ça coûte une fortune. Papa ne t'aidera pas pour l'argent, il me l'a dit.

– Je n'ai jamais eu de problèmes avec l'argent», dis-je avec une bravade un peu stupide puisque je n'avais jamais eu d'obligations.

Ma sœur Suzanne quitta la chambre avec un haussement d'épaules. Plus âgée que moi, et plus mature – les filles le sont toujours! – elle devait trouver mon entêtement bien juvénile.

«Si tu as besoin d'argent, je peux t'aider, moi», suggéra gentiment Élisabeth.

Elle se leva à son tour, et se dirigea vers son petit cochon.

«J'ai au moins dix-huit dollars là-dedans.

— Oh! c'est gentil, dis-je, je te remercie. Tu es gentille, toi.

— C'est rien, il faut s'aider entre frères et sœurs.

— C'est vrai.

— Moi, quand maman va me mettre en pénitence, est-ce que je vais pouvoir aller coucher à ton appartement?

— Oui. Bien sûr.

— Dis, mon petit Marc, comme tu n'as pas de problèmes d'argent, est-ce que tu ne pourrais pas me donner deux dollars?

— Deux dollars? Mais pourquoi? Tu as ton cochon, non?

— Mais je ne veux pas le briser pour rien. Je le garde juste pour les grandes occasions, ou pour les urgences comme par exemple si tu en as besoin. Les deux dollars, c'est seulement pour m'acheter une brosse. Ce peigne-là, il me fait mal aux cheveux et Suzanne ne veut pas me prêter sa brosse.»

Elle me souriait. Elle était astucieuse, décidément. Je lui tendis un billet de deux dollars, ce qui la fit bondir de joie et me valut une embrassade enthousiaste.

«Je savais que je pouvais compter sur toi. Toi aussi tu peux compter sur moi.»

Et elle se précipita vers le magasin le plus proche.

Les paroles de ma sœur Suzanne m'avaient réveillé. Dans la brume de ma dépression morale, je ne réalisais pas que d'ici une semaine au plus il me faudrait avoir trouvé un travail et un appartement.

Ce soir-là, au lieu de réfléchir dans ma chambre, angoissé par l'imminence de mon départ, je préférai aller trouver mon confident de toujours, Maurice. Je m'étais déjà ouvert à lui de ma décision (est-ce vraiment le mot?) de quitter le domicile familial. Il était en compagnie de Pierre, qui eut de la difficulté à dissimuler son affolement de futur comptable devant la précocité de mon départ et la précarité de la situation dans laquelle je me retrouverais inévitablement. Il ne le disait pas, certes, mais ses regards inquiets le proclamaient: j'allais crever de faim!

Maurice, qui pourtant n'avait pas la réputation d'être aussi pragmatique que Pierre, arriva avec une solution inespérée: un de ses cousins plus âgés quittait Montréal pour six mois. Il avait trouvé un emploi de G.O. (gentil organisateur) dans un club *Med*. Il cherchait quelqu'un pour sous-louer son appartement pendant son absence.

Deux jours plus tard, je m'entendais avec lui. J'occuperais son appartement les six prochains mois. Il me laissait tous ses meubles, ce qui m'arrangeait, puisque je n'en avais aucun: je n'avais qu'à assumer le loyer, qui s'élevait à quarante dollars par mois.

D'ailleurs, poussant plus loin la complaisance, peut-être pour vaincre mes ultimes hésitations, sans doute parce que j'étais le meilleur ami de son cousin Maurice, il avait accepté que je lui paie seulement la moitié du loyer du premier mois. Le destin somme toute arrangeait fort bien les choses.

La veille de mon départ, alors que je me dirigeais vers ma chambre, je me rendis compte qu'il s'y trouvait déjà quelqu'un. En tout cas il y avait de la musique: la très belle pièce des *Beatles: She's leaving home*. Je ne sais trop pourquoi au lieu d'entrer tout de suite, j'écoutai la musique, dont les paroles me frappaient pour la première fois, comme si elles s'adressaient directement à moi, me faisant réaliser toute la gravité de mon geste.

«*Wednesday morning at five o'clock as the day begins
Silently closing her bedroom door...*»

Et le refrain, si déchirant:

«She (We gave her most of our life)
is leaving (Sacrificed most of our life)
home (We gave her everything money could buy)».

Je me troublai. Ce n'était pas seulement la sentimentalité de la chanson. Je me rendais compte subitement que, comme l'héroïne des *Beatles*, je quittais moi aussi le domicile familial et surtout que mes parents étaient comme les parents de la chanson. Et ils devaient éprouver les mêmes sentiments, le même déchirement. Ils m'avaient donné le meilleur de leur vie, ils avaient fait pour moi de nombreux sacrifices, avaient dépensé sans compter pour mon éducation, ma santé...

Bien sûr, mon départ n'était pas aussi volontaire que celui de la jeune fille de la chanson: j'étais pour ainsi dire chassé. Mais n'était-ce pas en raison de mon absurde entêtement à devenir romancier?

Lorsque *She's leaving home* s'acheva, j'entrai enfin dans ma chambre et fus étonné d'y trouver ma mère: j'avais cru que c'était Élisabeth qui ne se gênait pas pour m'emprunter mon tourne-disque. Mon arrivée sembla surprendre également ma mère, l'embarrasser même.

«Oh, je ne savais pas que tu étais rentré...»

Ma mère évitait mon regard, comme si elle s'était rendue coupable de quelque crime d'indiscrétion. Elle détournait la tête en me parlant, avait des regards obliques.

«J'étais venue dans ta chambre pour te parler, et j'ai remarqué ce disque que tu écoutais tout le temps cet été, et j'ai eu envie de l'écouter à mon tour...

– Il n'y a pas de problème, maman.»

Elle souleva le bras du tourne-disque, et le posa sur son support, interrompant la musique de *Sergeant Pepper*.

«Tu... Tu n'es pas obligée de l'enlever...

– Oh, de toute manière, je...»

Elle me regarda directement pour la première fois depuis le début de la conversation. Je me rendis alors compte pour quelle raison elle avait évité jusque-là mon regard. Ses yeux étaient humides. Elle me souriait pourtant.

«C'était une jolie chambre, que tu avais», dit-elle en tentant visiblement de dissimuler sa tristesse.

– Oui, c'est vrai...»

Une pause puis:

«Es-tu bien sûr de ta décision? Il n'est jamais trop tard pour changer d'idée, tu sais, Marc.

– Je me suis engagé auprès du cousin de Maurice.

– Je pourrais le dédommager s'il le souhaite...»

Elle essayait vraiment de me retenir jusqu'à la dernière minute.

«Je ne veux pas faire mon droit.

– Je comprends», dit-elle.

Alors elle plissa les lèvres, et son visage se décomposa, comme si son chagrin était tout à coup insoutenable. Je compris qu'elle allait fondre en larmes. Mais elle était la délicatesse même. Et elle sortit précipitamment de ma chambre pour m'éviter ce spectacle.

Je crois que jamais de mon existence je ne m'étais senti si mal, si confus. Je comprenais que ma décision ne chamboulait pas seulement ma vie: elle bouleversait aussi l'existence de mes parents, en tout cas certainement celle de ma mère.

Elle avait beau m'avoir dissimulé ses larmes au dernier instant, je savais ce qu'elle avait dû s'empresser de faire dès sa sortie de ma chambre: s'enfermer dans la sienne pour y pleurer «toutes les larmes de son corps», expression qu'elle employait souvent pour désigner des chagrins démesurés, comme celui de sa grande amie, madame Kittel, dont la tristesse ne dételait pas.

Je refermai la porte de ma chambre, et je mis le disque que j'écoutais religieusement depuis sa parution au mois de décembre: *Magical Mystery Tour*, le dernier long-jeu des *Beatles*.

Il y avait deux chansons surtout qui m'obsédaient. La première, qui était aussi la dernière de l'album: *All you need is love*, qui débutait par une originale parodie de *La Marseillaise*, trouvaille qui avait provoqué le ravissement étonné de tous mes amis. *Love, love...* J'aurais dû comprendre, lorsqu'il en était encore temps, que tout ce dont j'avais besoin c'était l'amour. Pas n'importe lequel du reste: celui de Brigitte.

Mais ce grand amour, cet amour unique, que je ne retrouverais jamais plus, je l'avais perdu à tout jamais puisqu'elle était mariée maintenant.

Ce que j'avais été aveugle!

Si j'avais su...

La deuxième chanson, je l'écoutais encore plus souvent, je la remettais parfois dix, vingt fois d'affilée, au grand dam de mes sœurs qui, lassées, me criaient à la fin de «changer de disque!» ou de fermer ma porte, lorsque j'avais oublié de le faire.

Les beaux accords initiaux de piano me préparaient à un émerveillement et à une nostalgie toujours renouvelée, que venaient approfondir les airs d'une flûte pleine d'une poésie rustique et simple.

> *«Day after day, alone on the hill*
> *The man with the thousand voices is talking*
> *perfectly loud*
> *But nobody wants to hear him*
> *They can see that is just a fool...»*

N'étais-je pas, comme le héros de la chanson, un fou que personne ne comprenait, que personne ne trouvait raisonnable parce que, tout simplement, je voulais suivre l'élan de mon cœur, la petite voix intérieure qui me disait que je ne serais jamais heureux si je ne tentais pas de devenir romancier?

Chapitre 20

Le lendemain, au grand désespoir de ma mère, qui avait cru jusqu'à la fin que mon père et moi en viendrions à un compromis de dernière minute, j'emménageais dans cet appartement du quartier Villeray, rue Henri-Julien, à quelques minutes à peine du collège Ahuntsic.

En 1968, tout coûtait moins cher: automobile, nourriture, appartement. Mais quarante dollars par mois ne permettaient pas de louer un appartement très luxueux, ni même un appartement convenable: loin de là. Disons les choses comme elles étaient: le petit logis confinait au taudis.

Les marches du vieil escalier sombre qui y conduisaient étaient toutes creusées par les ans, les murs décrépis dégageaient une odeur de moisissure.

Lorsqu'on pénétrait dans l'appartement, aux boiseries défraîchies qui n'avaient sûrement pas été repeintes depuis vingt ans, on aurait facilement pu avoir le vertige dès les premiers pas tant les planchers de bois franc avaient «travaillé». Inégaux, ils auraient sûrement fait le malheur – ou le bonheur! – d'un enfant qui y aurait échappé une bille: il lui aurait fallu courir après pour la rattraper à l'autre bout de la pièce!

Le cousin de Maurice devait sans doute être fort bohème et en tout cas n'attachait guère d'importance à ses meubles: disparates, usés, ils semblaient tous sortis en droite ligne d'un marché au puces. Et pourtant, cet appartement minable, je l'aimai tout de suite. Peut-être aime-t-on toujours son premier appartement, comme on aime sa première voiture, même si c'est une vieille bagnole! Il faut dire que je n'avais que seize ans. Mes goûts étaient modestes.

Et puis l'appartement avait pour moi une grande richesse, qui faisait oublier ses carences: la lumière du soleil y pénétrait abondamment à toute heure du jour, par une fenêtre ou l'autre, et inondait les cinq pièces et les nombreuses plantes vertes qu'y entretenait le cousin de Maurice.

Si je ne me rappelle guère ma première nuit, je me rappelle fort bien mon premier réveil. J'éprouvai un sentiment de liberté, d'exaltation, et mon premier soin fut de faire une longue promenade dans mon nouveau quartier, que je découvris comme un pays exotique.

C'était fort différent de la petite banlieue de Duvernay où j'avais passé toute ma jeunesse. Au lieu des rues si paisibles que j'aurais pu – du moins à certaines heures du jour – m'y allonger sans risquer de m'y faire frapper par un automobiliste, il y avait des rues fort animées, des ruelles bancales dont la poésie me ravissait comme du reste les corniches de nombreuses maisons que je ne me lassais pas d'admirer.

Toutes semblaient avoir un passé, une histoire, une âme en somme, ce qui faisait cruellement défaut à la petite banlieue de mon enfance, véritable dortoir sans caractère propre, si ce n'est de n'en pas avoir!

Moins cossu que celui où j'avais vécu mes premières années, mais plus vivant, le quartier me plut immédiatement avec ses petites boutiques, ses lavoirs, ses restaurants qui ne payaient pas de mine et affichaient triomphalement leur triple spécialité: italienne, grecque, française!

Je n'avais guère d'économies, et des trois cents dollars que ma mère m'avait prêtés et jamais réclamés, il ne me restait que la moitié. J'avais beau être rêveur, j'étais conscient que j'aurais tôt fait d'épuiser mon maigre pécule si je ne trouvais pas rapidement un emploi. Je répugnais à solliciter la générosité de mes amis, qui du reste n'étaient pas plus fortunés que moi, et, dans les circonstances, il était exclu que j'emprunte de l'argent à mes parents: je devais faire la preuve que je pouvais voler de mes propres ailes!

La chance me favorisa car le lendemain de ma modeste installation dans mon nouvel appartement, je trouvais un emploi qui me convenait parfaitement: un poste de vendeur de souliers à temps partiel dans une boutique de la rue Sainte-Catherine. Le salaire était modeste, certes, – trente dollars par semaine – mais il me suffisait amplement. Il me permettait en effet d'acheter ce qui m'était le plus précieux: ma liberté car je ne travaillais que le jeudi, le vendredi et le samedi.

Le reste du temps était à moi, à moi seul – quelle ivresse pour un auteur en herbe! – et je pourrais le consacrer entièrement à mes travaux littéraires. Je voyais d'ailleurs un autre avantage dans cet emploi, qui en est d'ailleurs un pour tous les travailleurs de l'esprit: comme il n'était guère exigeant, je pouvais garder le meilleur de mon énergie mentale pour ma tâche véritable, d'autant que j'avais décidé d'abandonner mes études.

Au lieu de me mortifier de devoir faire un travail si peu intellectuel, je m'exaltais à la pensée de suivre, bien modestement il est vrai, les traces de mes illustres devanciers qui tout comme moi avaient dû pratiquer un humble métier pour avoir le temps de penser et d'écrire: Spinoza avait poli des lentilles, Jean-Jacques Rousseau recopié de la musique. Moi, je vendrais des souliers!

Le fait d'avoir mon propre appartement, de ne plus fréquenter le collège, me fit découvrir un état que je n'avais pas vraiment connu jusque-là: la solitude.

Je m'y habituai assez rapidement. En fait, au bout de quelques jours à peine, je n'en souffrais plus. Mieux encore je ne me rendais plus compte que j'étais seul. Je ne m'embarrassais même plus de répondre au téléphone, qui du reste sonnait fort peu. J'avais découvert, étonné, les vertus du silence et je m'en grisais comme je m'étourdissait de mes livres.

Petit à petit, il me semblait que j'oubliais Brigitte. Au lieu de penser à elle cent fois par jour, j'y pensais seulement... cinquante fois, ce qui était tout de même un progrès! Mais le hasard – ou le destin, qui veille toujours au grain! – ne l'entendait pas de la sorte.

En effet, à peine un mois après mon déménagement, comme je me délassais à ma fenêtre de quatre heures ininterrompues de lecture, j'aperçus, sur le trottoir de l'autre côté de la rue, nulle autre que Brigitte, qui déambulait au bras de son mari. Brigitte, au bras d'un autre homme! Je savais qu'elle était mariée, mais ce n'était qu'une représentation abstraite: la voir ainsi avec son mari était autre chose, d'autant que, comme je l'avais craint, il était effectivement beau, plus encore d'ailleurs que je l'avais pensé.

J'eus un serrement au cœur, et me rendis compte que j'aimais Brigitte autant sinon plus qu'avant, qu'en tout cas mes sentiments pour elle ne s'étaient pas véritablement estompés: simplement, l'absence les avait mis momentanément en veilleuse. Et dire que je n'aurais eu qu'à dire oui à Brigitte, pour que ce soit moi et non son mari qui se retrouve à son bras! D'ailleurs, ironie du sort, j'avais fini de toute manière par déménager rue Henri-Julien et donc par faire ce que Brigitte m'avait supplié de faire et que, par je ne sais quelle lâcheté, j'avais refusé.

Le cœur battant, je suivis des yeux le couple qui gravit un escalier, presque en face de chez moi: j'étais le voisin involontaire de Brigitte et de son mari! Comme la vie était ironique! Comme le spectacle du bonheur conjugal de Brigitte me serait pénible: et dire que pendant six mois au moins – le temps que durerait ma sous-location –, je ne pourrais m'y soustraire! De quel crime la vie voulait-elle me punir? Paie-t-on toujours ainsi sa lâcheté amoureuse?

«Lorsque le malade aime sa maladie», a dit Racine il y a plus de trois siècles, «qu'il a peine à souffrir que l'on y remédie.» J'en étais la tardive preuve. J'aurais dû éviter systématiquement la fenêtre du salon, qui donnait sur Henri-Julien, et ma belle, ma trop belle, ma douloureusement belle voisine, et pourtant, à chacune de mes pauses, je m'y retrouvais.

Le surlendemain de ma découverte, un soir, vers dix-neuf heures, alors que j'étais posté comme un maniaque à la fenêtre – je n'avais pas encore revu Brigitte et elle me manquait terriblement – je la vis descendre l'escalier de son appartement: elle habitait au deuxième.

Cette fois-ci, elle était seule. Après une hésitation, je m'habillai en vitesse, résolu de la suivre. Je me félicitai que ce fût l'hiver: je pus bien enfoncer la tuque que je portais, et j'enroulai autour de mon cou un foulard qui me cachait le menton et la bouche. Sous ce déguisement de fortune, Brigitte risquait moins de me reconnaître, et je pourrais la suivre sans crainte.

En quelques secondes, le cœur agité de palpitations, – en guérirai-je donc jamais! – je me retrouve dans la rue, que je traverse pour être du même côté que Brigitte, et je la suis, fée douloureuse et belle, d'abord à une distance prudente.

Mais bientôt, incapable de résister à l'idée de la voir de plus près – même si ce n'est que de dos et même si elle est enveloppée d'un long manteau noir! – je presse le pas, gagne du terrain. Je remarque, – détail qui m'avait échappé peut-être parce que ses longs cheveux roux les dissimulaient –, qu'elle porte à l'épaule gauche une paire de patins à glace blancs.

Tandis que je la suis, je pense tout à coup à mon premier amour, Raymonde Houde, que je suivais elle aussi, alors que je n'avais que sept ou huit ans. N'est-ce pas un curieux clin d'œil du destin ? Il m'était égal de ne pas l'aborder, elle. Mon amour de l'époque s'en accommodait fort bien : le contraire même ne lui aurait sans doute pas paru naturel.

Mais Brigitte elle, comme j'aimerais l'approcher, lui parler, lui dire que je regrette tout ce qui est arrivé, que je regrette et que j'aurais dû lui dire oui, lors de notre dernière et trop brève conversation téléphonique... Mais en aurais-je le courage : je suis si honteux, je me sens si diminué surtout face à son mari, qui a le triple avantage de la beauté, de l'âge, et d'un métier qui n'est pas celui d'un saltimbanque comme celui pour lequel, idéaliste comme tant de jeunes gens de ma génération, j'ai tout quitté...

« C'est oui ou c'est non ? » a-t-elle demandé, sans tourner autour du pot.

Et moi, inconscient, j'ai dit non, et maintenant je paie le prix de ma bêtise !

Si j'avais su...

Et je pense à quel point une décision, une seule, peut changer le cours de toute une vie, et que c'est cruel, parce que je le découvre trop tard : mais, justement, notre bonheur – comme notre malheur ! – ne dépend-il pas essentiellement d'une succession de décisions... heureuses ?

Je m'enhardis, je m'approche d'elle, et le rythme de mon cœur augmente, il me semble que je peux même entendre ses battements dans ma tête, dans mes yeux... Suis-je assez énervé !

Dans l'air froid de l'hiver, les odeurs voyagent moins aisément, et pourtant, je suis maintenant si près de Brigitte, ou elle a si généreusement vaporisé dans son cou *L'Air du temps* – comme si par une prescience mystérieuse elle savait qu'elle pourrait ainsi me faire plaisir, ou me faire souffrir ! – que je peux maintenant respirer son parfum, et je pense à ce temps, hélas, révolu où lorsque je revenais chez moi, mes joues, mes mains, mes vêtements exhalaient sa fragrance, et moi, je respirais, alors que, depuis notre séparation, il me semble que j'étouffe...

Je suis maintenant si près d'elle qu'elle sent ma présence ou entend le crissement de mes pas dans la neige d'un trottoir mal nettoyé, et se retourne, craintive: après tout, c'est le soir, elle est une jeune femme très jolie et seule, qui peut craindre un fâcheux incident avec un étranger... Si elle savait qui la suit, si elle savait que je serais prêt à donner ma vie pour la défendre, si quelqu'un l'attaquait.

Je m'empresse de baisser la tête, je ralentis le pas pour rétablir entre nous une distance moins inconfortable pour elle, moins sympathique pour moi, car du coup, je ne puis plus m'enivrer de son parfum, et l'hiver me semble plus froid...

Ma filature improvisée me conduit dans un parc du quartier où se trouve une patinoire. Brigitte disparaît un instant dans une petite maisonnette (que nous appelions la cabane de la patinoire) puis en ressort, chaussée de ses patins, et décrit bientôt des ronds gracieux sur la glace.

Je l'admire à distance, appuyé contre la «bande» de bois qui délimite la patinoire. Comme elle est belle, avec son long foulard qui vole au vent et se mêle à ses longs cheveux roux!

Les patineurs, nombreux, doivent patiner tous ensemble dans la même direction, décrivant un grand cercle sur la patinoire. À un moment donné, Brigitte regarde dans ma direction, ralentit, et semble me reconnaître.

«Marc?»

Comment a-t-elle pu me reconnaître, alors que mon visage est à peine visible et que, nos fréquentations s'étant limitées à la belle saison, elle n'a jamais vu mon manteau d'hiver...? N'est-ce pas parce que – j'ose à peine y croire mais peut-il y avoir une autre explication? – elle a senti ma présence parce qu'elle pense continuellement à moi...

Elle voudrait venir dans ma direction mais elle est entraînée par le flot des patineurs. Au tour suivant, lorsqu'elle ralentit puis s'arrête près de la bande, à l'endroit où elle m'a vu quelques instants plus tôt, je ne suis plus là. Je me suis éloigné, et j'observe la patinoire, appuyé contre un mur de la cabane. J'ai trop honte, j'ai trop peur de l'affronter – même si j'en brûle! – parce que je devrai alors lui parler et entendre de sa bouche si belle, si rouge, des choses moins belles, et plus noires, des choses que je sais déjà: qu'elle habite le quartier, ayant loué le petit appartement qu'elle avait trouvé pour nous deux – n'ai-je pas été pour elle, comme les femmes pour Proust, l'objet interchangeable d'un plaisir ou pour mieux dire d'une fonction (celle de mari) toujours identique?

Cette pensée s'est à peine formulée dans mon esprit que je la regrette et que je demande pardon à Brigitte...

Chapitre 21

Comme si elle voulait me punir de l'avoir ainsi calomniée, ne serait-ce que mentalement, elle demeura invisible les jours suivants. Était-elle grippée? Ou partait-elle de si grand matin pour travailler que je ne pouvais l'apercevoir malgré mes habitudes de lève-tôt? À la vérité, il me fallut une semaine avant que je puisse la revoir, et ce, même si je m'étais posté très fréquemment à la fenêtre du salon, y transportant même un fauteuil bancal dans l'inconfort duquel je pouvais lire tout en exerçant mon guet amoureux.

L'épaule chargée de sa paire de patins blancs, elle descendait d'un pas alerte l'escalier de son appartement. Protégé par le même camouflage – ma tuque et mon foulard! – j'entreprends de nouveau ma fébrile filature. Je la regarde patiner pendant une demi-heure. Lorsqu'elle ressort de la cabane où elle a retiré ses patins, et s'en retourne chez elle, je la suis à nouveau lorsqu'un incident inattendu se produit. Deux garçons de treize ou quatorze ans marchent d'un pas rapide en direction de Brigitte qui, surprise de les voir arriver, s'immobilise, inquiète. Alors tout se passe très vite. L'un des garçons la bouscule, tandis que son comparse lui arrache son sac à main. Elle perd pied dans la neige glissante. Les deux adolescents détalent, courent vers moi. Je crie à celui qui tient le sac de Brigitte:

«Eh toi, arrête j'ai tout vu!»

Bien entendu, il ne m'écoute pas, à la place il bifurque dans une autre direction, pend ses jambes à ses fesses. Je lui donne la chasse. Je n'ai certes plus la forme que j'ai déjà eue, surtout depuis mon imprudence, mais j'ai longtemps fait de la course à pied: il m'en reste une capacité de courir très vite sur une très courte distance, en d'autres mots de sprinter avant qu'un essoufflement ne me gagne. J'en tire profit admirablement, rejoins le gamin, le plaque, ce qui paraît l'étonner et en tout cas le déroute car il abandonne aussitôt le sac et prend la fuite.

Son complice lui non plus ne demande pas son reste et disparaît. J'éprouve une certaine fierté: j'ai récupéré le sac volé. Mais j'ai oublié un détail: je devrai maintenant affronter Brigitte, qui devinera sans doute que je la suis. Comment expliquer autrement ma présence aux abords de cette patinoire alors que je n'ai pas de patins?

Brigitte, qui ne m'a toujours pas reconnu, s'est levée – elle n'a rien de cassé, Dieu merci! – et se dirige vers moi, un sourire reconnaissant sur les lèvres. Je me relève moi aussi, mais je décide de me défiler. Je pose au sol le sac à main, et je m'apprête à tourner les talons lorsque j'éprouve un malaise, un début d'étourdissement qui me force à m'asseoir. Et Brigitte, qui sent que quelque chose ne va pas chez moi, presse le pas en ma direction.

«Est-ce que ça va?»

Je grommelle un oui, presque imperceptible, de crainte qu'elle ne reconnaisse ma voix.

«Vous en êtes bien certain?

– Mais oui, je...

– Marc? dit-elle avec une surprise énorme.

Malgré ma tuque, mon foulard, elle m'a reconnu. Je n'ai plus le choix: je relève la tête. Elle paraît émue, heureuse aussi de me revoir, mais un peu troublée. Tout comme moi.

Je cherche à reprendre mon souffle, à lui dissimuler mon malaise, qui pourtant doit être bien apparent. Il faut que je me relève d'ailleurs. Il ne faut pas que je reste là, assis par terre. Je parviens à me relever malgré un certain étourdissement qui persiste. Je lui rends son sac.

«Je te remercie, dit-elle en l'examinant pour voir s'il n'a pas été endommagé ce qui n'est pas le cas, sans toi je ne sais pas ce que j'aurais fait... C'est bien la première fois que pareille chose m'arrive... C'est un quartier si tranquille...

– C'est vrai que c'est tranquille...

– Tu... qu'est-ce que tu fais dans le coin? me demande-t-elle.

– J'habite en face de chez toi, dis-je sans détour.

– C'est vrai?

– Oui. J'ai quitté la maison familiale, parce que je ne voulais plus étudier en droit. Et j'habite l'appartement du cousin de Maurice, il me l'a sous-loué pour six mois.

– Ah, je...»

Elle ne sait pas quoi dire, on dirait, tant ce hasard la surprend.

«Est-ce que je peux t'inviter à prendre un café pour te remercier...?

– Je... je ne sais pas, tu allais patiner...

– Oh! ce n'est pas bien grave, je reviendrai demain...

– Bon, j'accepte...

– Je connais un petit restaurant sur Saint-Laurent, tout près d'ici.»

Je me débarrasse de ma tuque, plutôt inélégante et devenue inutile, et je marche fébrilement à ses côtés. Pendant un instant, nous demeurons silencieux, comme si l'émotion de ces retrouvailles inattendues était trop grande. À un moment, Brigitte manque de tomber: son pied a glissé sur de la glace dissimulée par la neige. Elle a un bon réflexe et prévient une chute certaine en se retenant à la manche de mon manteau.

Son équilibre rétabli, elle éclate de rire, et sa main s'attarde sur mon bras. Et un instant j'ai ce rêve improbable, une sorte d'hallucination: nous sommes dans le passé – ou dans un avenir lointain – et Brigitte n'est pas mariée, elle est libre et avec moi... Le soir, c'est pour moi qu'elle défait devant son miroir ses longs cheveux roux, et je peux chaque matin embrasser le rose oreiller parfumé où sa tête a reposé toute la nuit... Mais je reviens à moi, j'ai mal joué mes cartes et c'est un autre que moi qui cueille ces offrandes quotidiennes...

«Deux fois que tu me sauves en cinq minutes, laisse tomber Brigitte... Je ne vois vraiment pas ce que je ferais sans toi...»

Sait-elle qu'en prononçant ces mots, elle me cause la plus grande douceur, la plus grande douceur?

Quelques minutes plus tard, nous arrivons au petit restaurant, *Le rendez-vous*, qui ne paye pas de mine, ce qui est le cadet de mes soucis parce que Brigitte illumine tout de sa présence. Je l'aide non sans trouble à retirer son manteau, et avant de le suspendre à la patère de chrome sans lustre, je le serre un instant dans mes bras, comme si son exquise propriétaire s'y trouvait encore, et je me penche vers son col de fausse fourrure noire, dont je hume le parfum, *L'Air du temps* où nous nous sommes tant aimés, et je pense tout à coup à nos baisers, et une tristesse me vient, car ses lèvres dont la beauté me tue les prodiguent maintenant à un autre qui ne les mérite pas: un idiot qui ne connaît pas sa chance!

Quinquagénaire à la peau fripée et à grosses lunettes noires, la serveuse arrive à notre table, calepin à la main, et demande ce que nous souhaitons prendre.

«Un thé, dit Brigitte.

– La même chose.

– Avec crème ou citron? demande mécaniquement la serveuse.

– Crème, dis-je pour nous deux.

— Tu te souviens? dit Brigitte, avec un sourire dont je ne sais s'il est charmé ou triste.

— Oh, ça ne fait pas si longtemps...»

Et pourtant j'aurais envie de dire que ça fait une éternité.

La serveuse griffonne une note rapide sur son calepin, demande:

«Allez-vous avoir besoin des menus?»

Je laisse Brigitte répondre:

«Euh, non.

— Moi non plus.»

La serveuse ne tarde pas à revenir avec le thé, Brigitte y verse la crème, y créant un petit nuage qu'elle dissipe d'un mouvement vif de cuiller: si je pouvais faire la même chose avec le nuage qui encombre ma vie amoureuse! Mais qui me donnera la cuiller magique? Et d'ailleurs existe-t-elle en dehors des romans dont je me suis voracement nourri depuis des mois? Brigitte boit une première gorgée de thé, se brûle, pousse un petit cri.

«Oh! c'est chaud!

— On est supposé boire son thé que lorsqu'on peut tenir la tasse dans ses mains.

— Je sais, mais je suis trop impatiente, je me brûle tout le temps...»

Oui, c'est peut-être vrai. Si elle avait été plus patiente avec moi, et si moi j'avais fait preuve de plus d'audace... Mais avec des «si» on mettrait Paris en bouteille et en attendant je suis là, assis en face d'une jeune fille dont je suis encore éperdument amoureux même si elle est mariée à un autre homme...

Elle se tait un instant, et je la contemple et je constate que jamais je ne l'avais trouvée aussi belle. Elle est plus belle que la seconde d'avant, et moins belle que la seconde d'après, et je vois bien qu'il se passe quelque chose de bizarre et pourtant de bien réel: une expansion infinie de sa beauté. Qui entraîne une expansion infinie de mon chagrin.

«Je... je voulais te dire, tu l'as peut-être appris par quelqu'un d'autre, mais je... je suis mariée.

– Je sais, je...

– J'ai revu mon ancien ami, et... il était prêt, cette fois-ci... J'aurais aimé te prévenir, mais comme nous étions séparés... Et puis tout s'est passé si vite...»

Fait-elle allusion à notre séparation ou à son mariage avec son ancien ami?

«Ce n'est pas grave... dis-je.

– Toi, est-ce que tu as rencontré quelqu'un?

– Non...

– Ah...

– Est-ce que...

– Est-ce que quoi?

– Non, c'est une question qui ne se pose pas...

– Mais tu peux me demander n'importe quoi, voyons, Marc. Nous ne sommes pas des étrangers.

– Est-ce que c'est comment dire... amusant d'être marié?

– Oui, dit-elle avec une sorte de timidité ou de pudeur, mais il me semble que son oui est si petit, si peu enthousiaste qu'il a l'air d'un non, et un instant je me demande si elle n'est pas malheureuse en ménage, s'il n'y a pas un mince espoir qu'un jour...

Mais ne suis-je pas à nouveau en train de fabuler?

«Est-ce que tu lis autant qu'avant?

– Oh, encore plus, avoue-t-elle. Mon mari travaille tous les soirs, et j'ai beaucoup de temps libre.»

Me lance-t-elle une invitation déguisée? Comment savoir? Ce que je sais c'est que tout à coup elle consulte sa montre et me jette une douche froide en disant:

«Oh! d'ailleurs, il est presque vingt et une heures, mon mari revient du travail à vingt et une heures et demie. Il faut que je rentre...»

Son mari...

Comme nous sommes voisins, je la raccompagne jusque devant chez elle. Elle me tend la main, souriante mais un peu timide, il me semble. C'est curieux de se faire tendre amicalement mais tout de même froidement la main par une fille qu'on a embrassée pendant des heures, caressée, aimée à la folie...

«Je... je te remercie, je... c'est vraiment gentil ce que tu as fait pour moi..., dit-elle en regardant son sac à main que j'ai arraché des mains des voyous.

– Ce n'est rien...

– J'ai été... très contente de te revoir...

– Moi aussi...»

Ne devrais-je pas l'inviter parce que sinon tout risque de se terminer là? Nous avons évoqué le passé, avons pris des nouvelles de nos vies et lorsque nous nous reverrons par hasard nous nous contenterons de nous saluer, d'échanger quelques mots polis...

Mais puis-je inviter une femme mariée? Ne dois-je pas attendre que l'invitation vienne d'elle?

«Bon, dit-elle, salut.»

Et elle s'engage dans l'escalier. Je la regarde tristement: ma timidité à nouveau m'a perdu. Pourtant, contre toute attente, Brigitte se retourne et dit:

«Je vais souvent lire, le soir, au *Rendez-vous*. En tout cas, si ça te tente de me revoir, je vais être là demain vers dix-neuf heures.

Chapitre 22

Je crois rêver: elle veut me revoir! Le lendemain, à dix-neuf heures pile, je suis au *Rendez-vous*. Brigitte aussi. Elle n'a pas apporté de livre. A-t-elle oublié? Ou bien cette histoire de lecture était-elle simplement un prétexte? Pour me revoir? Elle a l'air, je ne dirai pas, triste, mais préoccupée. Tout de suite la conversation devient sérieuse, comme si nous savions tous les deux, sans pourtant nous être consultés, que nous disposions de fort peu de temps.

«Ça n'a pas l'air d'aller?

– Non, non, commence-t-elle par nier. Ça va.»

Puis tout de suite elle se reprend:

«Non, en fait ça ne va pas.»

Une pause, puis elle poursuit, non sans une certain embarras, car ces aveux lui coûtent, c'est visible:

«Des fois, je me dis qu'il y a quelque chose d'étrange entre mon mari et moi... On dirait que ce n'est pas un mariage normal...

– Pas un mariage normal?

– C'est difficile à expliquer, c'est comme s'il y avait une sorte de nuage entre nous...

– Un nuage?

– Ce n'est peut-être pas le bon mot... C'est comme si nous n'étions pas un vrai couple même si nous sommes mariés, on dirait qu'il n'y a pas de complicité, qu'on vit l'un à côté de l'autre, pas comme de purs étrangers bien entendu, mais je ne sais pas, comme si on vivait ensemble depuis vingt-cinq ans... Je pensais que ce serait plus romantique, que...»

Elle détourne la tête, comme si elle était embarrassée par ce qu'elle venait de dire, puis elle me fait face à nouveau. Moi, je ne sais pas quoi dire. J'aimerais me lever et la serrer dans mes bras.

«Des fois, je me demande s'il ne m'a pas épousée par simple vengeance. Parce que je l'avais quitté.

– On n'épouse pas quelqu'un par vengeance, voyons.

– C'est ce que je me disais, mais alors pourquoi est-il si...»

Que veut-elle dire? Si désagréable? Si distant? Un silence à nouveau. Puis Brigitte poursuit sa surprenante confidence:

«Des fois je me dis que c'est peut-être de ma faute... Je ne me suis pas mariée pour la bonne raison... Je voulais partir de chez moi, fuir ma mère...»

Tout à coup, contre toute attente, elle se met à pleurer. Je me penche vers elle, je tente de la consoler:

«Mais Brigitte, il ne faut pas que tu pleures. Les choses vont s'arranger, voyons, elles finissent toujours par s'arranger.»

Mes paroles n'ont guère la vertu de la rasséréner car ses pleurs redoublent. Elle a penché la tête, comme si elle avait honte, et elle me laisse toucher sa chevelure si belle, qui lui sert un peu de paravent, et cache ses larmes. Puis tout à coup elle relève la tête, me regarde avec ses beaux yeux bleus baignés de larmes, et m'étonne en me demandant:

«Est-ce que tu m'aimes encore?

– Mais... mais oui, je... je n'ai jamais... Oui. Je pense à toi cent fois par jour.

– Moi aussi, Marc, je pense tout le temps à toi. Au début, lorsqu'on s'est séparés, je t'en voulais, parce que tu ne m'avais pas dit oui, et j'ai pensé que je ne t'aimais plus, que c'était fini. Et puis je... eh bien j'étais excitée à cause du mariage, de la cérémonie, mais ça n'a pas duré, je me suis remise à penser à toi. Je n'étais pas sûre que je t'aimais mais quand je t'ai revu, hier, je n'ai plus eu de doute...

– Moi aussi, je t'aime...»

Et moi aussi je me mets à pleurer. Alors je m'approche d'elle, et ce que je n'avais jamais cru possible se produit: nous nous embrassons longuement, passionnément, et nos larmes mouillent nos lèvres.

Puis elle me repousse, me regarde d'un air déterminé:

«Si je quitte Jean, je veux dire mon mari... est-ce que tu veux que nous vivions ensemble?

– Oui.

Cette fois-ci, j'ai dit oui sans hésiter: j'ai appris ma leçon.

«Donne-moi une semaine, dit Brigitte, le temps de régler les choses.

– Oui...

– Alors on se revoit la semaine prochaine, ici, à la même heure...

– Oui...»

Et elle part seule, refusant cette fois-ci que je la raccompagne, comme la veille. Craint-elle que je ne change d'idée, que ma résolution ne fléchisse?

Pendant une semaine, je ne vis plus, je ne puis rien faire tant je suis excité à l'idée de cette réconciliation inattendue.

Brigitte!

La vie me donne une seconde chance avec elle: finalement, tout est bien qui finit bien...

Une idée me vient: il faut que je lui offre une bague, pour marquer cette réconciliation, et me faire pardonner pour la bague que je ne lui ai pas offerte avant son mariage...

Par superstition, je me rends à la bijouterie du *Centre d'achat Duvernay*. J'y repère rapidement une magnifique et fort romantique bague en argent sertie de petites émeraudes. Le prix me surprend et me fait hésiter un instant: cent cinquante dollars, c'est tout de même une somme, d'autant que depuis que je vis en appartement, je dois tout payer seul, et que j'ai découvert que la vie coûtait plus cher que je ne croyais malgré ma frugalité exemplaire...

Mais je me ressaisis. Il faut suivre sa première idée, ne pas lâchement reculer comme je l'ai fait la première fois, pour des motifs différents, il est vrai: mais ça revient au même. Et puis que sont cent cinquante dollars pour la femme qu'on aime, et qui nous est revenue par un hasard inespéré? Oui, que sont cent cinquante malheureux dollars pour un romancier en herbe qui accouchera bientôt – si du moins mon nouveau roman peut enfin se mettre en branle! – d'un best-seller qui assurera sa fortune? Ils sont... cinq semaines de salaire du modeste vendeur de souliers que je suis!

Mais enfin j'achète cette bague magnifique que je suis impatient d'offrir à Brigitte. Cette bague marquera le début de notre vie nouvelle, de nos épousailles non pas officielles, certes, mais que valent ces dernières en comparaison des épousailles de l'amour, les seules véritables? Une vie nouvelle que j'ai préparée, entre autres, en faisant un sérieux ménage de l'appartement (je ne l'avais jamais fait jusque-là!) et en changeant les draps du lit... Ce lit dans lequel, le soir venu, Brigitte s'allongera à mes côtés et où, pour la première fois de ma vie, je la verrai complètement nue, moi qui en ai si souvent rêvé... Comment sera notre première nuit? Je suis un peu nerveux à cette idée, d'autant que, comme Brigitte est une femme mariée, elle a forcément plus d'expérience que moi, qui n'en ai aucune...

J'arrive à l'avance au rendez-vous. Je ne veux surtout pas faire attendre Brigitte, pas en un jour aussi important: le commencement du reste de ma vie, que je vais enfin passer avec elle....

À dix-neuf heures, elle n'est toujours pas là, ce qui m'angoisse un peu car elle est en général fort ponctuelle. Toutes les cinq minutes, je consulte ma montre. À dix-neuf heures quinze, je commence vraiment à m'inquiéter. Ce n'est pas le genre de Brigitte de se faire attendre, non, vraiment pas...

Mon cœur, si sensible à mes émotions, se met à palpiter...

Et si...

Et si Brigitte avait changé d'idée?

Mais enfin, elle arrive. Elle paraît essoufflée comme si elle avait couru. Elle doit avoir eu un contretemps et elle a dû faire vite. Comme elle est belle, cette jeune femme qui partagera ma vie à partir de ce soir! Mais... où a-t-elle donc mis sa valise? Ce que je suis bête! Elle ne peut tout de même pas fourrer dans une seule valise, aussi vaste soit-elle, tous ses effets personnels, tout son ménage, son trousseau comme dirait ma mère? Nous arrêterons plus tard les détails du déménagement qui, somme toute, demeurent secondaires en comparaison de ce qui nous arrive... D'ailleurs peut-être a-t-elle préféré tout laisser derrière elle, pour ne plus garder de souvenir de ce mari indigne, de ce mariage raté... Ce mariage qui, dans quelques semaines, ne sera plus pour elle qu'un mauvais souvenir...

Elle me repère dans le restaurant – j'ai pris place au même endroit que la semaine précédente – s'approche de la table où je me morfonds depuis près d'une demi-heure maintenant. Je me suis levé pour l'accueillir, je l'embrasse, et je veux l'aider à retirer son manteau, mais elle préfère le garder:

«Je... je ne pourrai pas rester longtemps...

– Hein? Je ne comprends pas...»

Elle s'assoit, déboutonne tout de même le haut de son manteau, ce qui me paraît un petit gain... Moi aussi je me suis assis, et ma cervelle de romancier s'agite. Brigitte ne dit rien, comme si elle cherchait ses mots. Je n'ose la questionner. Je pense à une diversion: la bague. Je la tire de la poche de ma veste, m'empresse de la lui offrir.

«J'ai un petit quelque chose pour toi...

– Ah, c'est gentil, dit-elle...

Elle déballe le cadeau, ouvre le petit écrin, aperçoit la bague, qu'elle prend et passe à son doigt.

«Oh, dit-elle, elle est magnifique, tu n'aurais pas dû...

– J'ai pensé que ça te ferait plaisir, pour nos retrouvailles....

– Je... je ne peux pas la garder, Marc, dit-elle.

Et elle retire la bague, la remet dans l'écrin.

«Mais Brigitte, je ne comprends pas, je...

– Je ne pourrai pas retourner avec toi, Marc...

– Tu as... tu as changé d'idée?

– Non... je...

– Ton mari ne veut pas te laisser partir? Il te fait des menaces? Si c'est ça, je vais aller lui parler, il va falloir qu'il comprenne que lui et toi, c'est fini, que c'est moi que tu aimes...»

Elle est sur le point de parler, mais elle se met tout à coup à pleurer, baisse la tête. Je prends ses mains, tente de la consoler. Elle relève enfin la tête pour dire, la poitrine agitée de hoquets:

«J'étais en retard depuis quelques jours, et hier, je suis allée à la pharmacie, je suis enceinte...»

Là, je n'ai pas su quoi dire. Lui suggérer de se faire avorter? J'en aurais été incapable. Et d'ailleurs elle ne l'aurait sûrement pas fait. Nous en avions déjà parlé dans le passé, et comme on dit, c'était contre ses principes. C'était la fatalité. Je pensai d'ailleurs à l'ironie du destin: elle avait voulu tout faire pour avoir une vie différente de sa mère, et finalement elle se retrouvait enceinte d'un homme qu'elle n'aimait pas et avec lequel elle était forcée de rester. Comme sa mère qui avait fait, comme on dit, un mariage forcé.

Mais cela, je ne le pensai pas tout de suite. J'étais trop ébranlé. Tout ce que je pus faire fut de me mettre à pleurer, comme Brigitte. Combien de temps sommes-nous restés ainsi à pleurer, en se tenant les mains, comme si nous voulions nous donner du courage pour affronter le reste de notre vie, que nous passerions séparés? Je ne sais pas. À un moment donné, Brigitte a dit:

«Il faut que j'y aille, maintenant. Il faut que j'y aille, ça fait trop mal.»

Elle a poussé vers moi la bague que je lui avais offerte et elle a dit:

«Je ne peux pas la garder.»

Mais j'ai insisté. Et à la fin, elle a consenti à la prendre, l'a même passée à son doigt et a dit le contraire de ce qu'elle venait de dire, mais je ne m'en suis pas formalisé parce que depuis le premier jour elle m'avait habitué à ces revirements qui n'étaient des contradictions que pour ceux qui, comme moi, ne comprennent rien à l'amour ou comprennent seulement lorsqu'il est trop tard.

«Je vais la garder toute ma vie. Toute ma vie.»

Et elle a passé la bague d'émeraude dans son doigt. Et ce fut pour moi une victoire, bien mince il est vrai, mais je n'en menais pas large: il n'y a pas de petits gains lorsque tout s'effondre.

Je croyais avoir eu mon premier chagrin d'amour lorsque j'avais appris que Brigitte s'était mariée, je me rendis compte qu'il commençait pour de vrai ce soir-là...

Chapitre 23

Les jours, les semaines qui ont suivi, il me semble que je n'ai fait que me survivre. J'étais humilié et offensé, j'avais commis un crime comme les héros de Dostoïevski, et j'en connaissais le châtiment, et il me semblait que j'étais devenu sans jamais l'être l'éternel mari, parce que jamais je n'oublierais Brigitte, et, dans la boule de cristal de ma déroute amoureuse, je voyais aussi que jamais elle ne me reviendrait.

Il ne me restait plus que mes livres, mes chers livres, dans lesquels je me plongeais dès mon réveil, et que je n'abandonnais que sur l'oreiller, juste avant de m'endormir, mes livres, mes livres bien-aimés, mon seul refuge, en ces temps de calamité amoureuse qui paraissaient ne jamais devoir prendre fin, si ce n'est avec moi, ma petite personne, qu'il me tentait bien souvent d'expédier en aller simple vers l'au-delà en courant une heure sans m'arrêter, ma petite personne qui me semblait bien vaine, bien nulle et bien seule, privée de celle que j'aimais, et qui, je le savais, m'aimait elle aussi, et cette certitude m'était une douleur plus grande. La vie décidément avait du génie car d'un seul coup elle m'avait mis le cœur en mille miettes, et j'aurais été bien avisé de m'en inspirer pour accoucher d'un roman qui ait quelque valeur: une plaie qui jamais ne se referme.

Je m'attaquai à un autre roman, une autre fuite. J'écrivais à toute vitesse, et je faisais en sorte que l'espace entre chacune de mes pensées fût le plus bref possible, parce que dès que je m'accordais un répit, Brigitte se précipitait dans la chambre de mon esprit avec une coupe de larmes qui aussitôt débordait: j'essuyais mes yeux, je reniflais et je reprenais la plume.

Malgré mon acharnement, malgré mes efforts, il ne me sembla pas accoucher d'une seule page valable: je m'étais certes dépris de la fâcheuse influence de Voltaire mais, sans être le miroir d'un miroir, pour reprendre la si fine condamnation de Tranquille, mon nouveau roman manquait d'originalité: mon style ne respirait pas, et ne possédait pas, pas plus du reste que mes personnages, cette vie propre sans laquelle un roman n'est pas un roman mais un vain assemblage de mots qui n'enivre que son auteur.

Dans *Ainsi parlait Zarathoustra,* dont j'étais sorti à la fois ébloui et découragé tant un pareil chef-d'œuvre me paraissait inaccessible à mes modestes moyens, Nietzsche parle des trois métamorphoses de l'esprit: comment l'esprit se fait d'abord âne, et porte sur ses épaules les livres des Anciens, puis lion, et conquiert son domaine propre, et enfin enfant: accouchant de lui-même pour devenir ce qu'il est, un véritable créateur, qui apporte le livre Nouveau.

Je n'étais qu'un âne qui porte des fardeaux, au mieux un lion qui dévorait voracement la chair vive laissée derrière eux par les auteurs véritables.

Le 31 mars, mes parents m'invitèrent à une petite fête pour marquer mon anniversaire. J'hésitai à accepter. Je n'avais pas l'esprit à la fête. J'avais mauvaise conscience, parce que j'avais fait égoïstement passer ma vocation (absurde) avant les rêves raisonnables de mes parents. Et je n'avais pas envie de répondre aux questions dont, j'en étais certain, à la fois mes parents et mes sœurs me bombarderaient, pas méchamment du reste mais simplement parce que, depuis mon départ, je les négligeais et qu'ils devaient tout naturellement s'ennuyer de moi. Et puis, ce qui nourrissait mes réticences, l'annonce d'une tempête de neige presque certaine, une des ces tempêtes tardives qui viennent rappeler aux optimistes que l'hiver n'a pas encore tiré sa révérence.

Mais si je me dérobais à cette quasi-obligation, je chagrinerais terriblement ma mère: elle avait sans doute déjà pleuré toutes les larmes de son corps, lorsque j'étais parti, mais le génie maternel trouve toujours de nouvelles larmes pour l'enfant qui reste toujours l'enfant, fût-il devenu grand.

Je m'y rendis enfin. Ce fut sans doute un des anniversaires les plus étranges de ma vie. Mes parents n'avaient rien ménagé: repas succulent (du poulet pour me faire plaisir car j'en raffolais) gâteau, champagne même. Comme je l'avais prévu, mes sœurs, que je n'avais pas vues depuis des mois (je n'avais fait qu'une seule visite à la maison familiale depuis mon départ!), me pressèrent de questions. Comment allaient mes cours? (Je n'avais pas osé avouer à personne, sinon à mes amis intimes comme Maurice ou Raymond que je les avais abandonnés)! Est-ce que j'avais une petite amie? Est-ce que c'était amusant de vivre en appartement? Comment avançait mon roman? (Si j'avais accepté stoïquement – ou presque – le verdict de Tranquille, j'étais honteux d'avouer mon échec, et je prétendais travailler encore à mon roman dont le manuscrit était depuis longtemps aux poubelles)!

Malgré la gentillesse de tous les convives, la soirée fut un véritable supplice qui connut sans doute son point culminant lorsque vint la remise des cadeaux. Non pas que ceux que je reçus de mes sœurs ou de ma mère me déplaisaient, bien au contraire, mais ce fut lorsque j'ouvris l'enveloppe que mon père me destinait que j'éprouvai un véritable choc: elle contenait un billet de cent dollars, ce qui était une somme à l'époque, et dont je pourrais certainement faire bon usage, vu la précarité de mes moyens. Mais elle contenait surtout une carte toute simple, sur laquelle était écrit un mot laconique: «À mon fils Marc dont je suis fier: ton père.»

Là, je faillis fondre en larmes, tant l'émotion qui me gagna était grande. Parce que ce mot si bref, si simple, disait tellement. Il disait tout le travail, sûrement fort douloureux, qui s'était opéré dans l'esprit de mon père, il disait qu'il avait finalement accepté mon choix, ma vocation de romancier même si elle était insensée à ses yeux, même si elle balayait forcément le rêve qu'il avait eu de me voir me joindre à lui, dans son étude juridique, pour continuer la grande tradition de la famille. Maintenant qu'il appuyait ma décision, en quelque sorte, elle me semblait encore plus lourde à porter. Brouillé avec lui, il m'était moins pénible de le décevoir: réconcilié, je me trouvais odieux. En tout cas, je ne pourrais plus mettre sur le compte de son incompréhension un éventuel échec. Une honte monta en moi: mes dernières tentatives m'avaient fait comprendre qu'il ne suffisait pas d'avoir un rêve, de l'ambition: il fallait aussi avoir du talent.

Comme prévu, la tempête annoncée se produisit, avec une telle violence que ma mère me convainquit sans trop de difficulté de coucher à la maison. Elle trépignait, elle m'«avait» pour un soir, et pourrait, le lendemain matin, me préparer un véritable petit-déjeuner: elle avait déploré, en me voyant, ma perte de poids, que j'avais niée même si elle était réelle: ma déception sentimentale m'avait coupé l'appétit que je n'avais pas repris lorsque j'avais observé (à quelque chose malheur est bon!) que la frugalité donnait des ailes à mon esprit.

J'inquiétai pourtant ma mère lorsque, incapable de trouver le sommeil, vers minuit, je résolus d'aller faire une petite promenade dans le quartier. Comment se fait-il qu'elle ne dormait pas encore, elle qui se couchait habituellement si tôt? Quelles antennes magiques l'avaient tenue éveillée (ou l'avait réveillée) pour pouvoir me surprendre?

«Tu sors? me demanda-t-elle en dissimulant difficilement sa surprise inquiète et en consultant sa montre.

– Oui, je... je n'arrive pas à m'endormir...»

Je ne m'étais pas encore relevé du choc que le cadeau et surtout le mot de mon père m'avaient causé.

«Tu vas revenir coucher ici, hein?

– Mais oui, maman, ne t'inquiète pas.

– Bon, d'accord. Mais sois prudent, hein. Dans les tempêtes, on ne voit rien et il y a toujours des fous qui ne regardent pas où ils vont.

– Oui, oui, maman.»

Je sortis enfin, marchai au hasard des rues enneigées et désertes. La neige avait pris fin, tout était blanc, féerique. Le temps était très doux, et il me sembla que la neige avait déjà commencé à fondre. En tout cas elle était très molle sous mes pas très humides. Une sourde angoisse me tenaillait.

Je pensais à mon avenir.

Mon avenir...

En avais-je vraiment un?

Il me semblait que tout le monde en avait un sauf moi, et pourtant ma gloire collégiale n'en annonçait-elle pas un des plus brillants? Je me désolai tout à coup de mes succès antérieurs: sans eux, je n'aurais peut-être pas eu la confiance aveugle qui m'avait poussé vers cette invraisemblable vocation de romancier... Maintenant je payais le prix de mon orgueil juvénile.

Un prix qui du reste me semblerait plus lourd à mesure que j'avancerais en âge: mes amis deviendraient médecins, comptables, ingénieurs, professeurs, avocats même! Et moi, je ne deviendrais rien: je n'étais qu'un ex-étudiant, un petit vendeur de souliers qui s'était cru le talent de devenir romancier, et qui n'était même pas capable d'accoucher d'une seule page valable! Je me mis à pleurer: j'avais rêvé en couleurs, je n'étais qu'un raté, la future honte de ma famille, et surtout de mon père, qui pourtant avait tout fait pour que je devienne quelqu'un de bien.

Chapitre 24

Le lendemain, après une nuit de sommeil passablement agitée, je me réveillai très tôt, vers six heures du matin. J'éprouvais encore une angoisse devant mon avenir mais, comme si la nuit avait porté conseil (un conseil qui du reste ne me plaisait guère!), je me demandais s'il ne valait pas mieux tout abandonner pour rentrer dans le rang, devenir avocat...

Comme toute la maisonnée dormait encore, je résolus d'aller marcher avant le petit-déjeuner copieux que ne manquerait pas de préparer ma mère. Je marchai d'abord un peu au hasard, pendant une bonne demi-heure puis, comme je l'avais fait tant de fois enfant, je marchai vers l'école Saint-Maurice.

J'arrive bientôt dans sa cour, qui est encore déserte à cette heure-là. Je m'assois dans le petit escalier à trois marches, qui mène à l'une des deux portes de l'école. Comme il me paraît loin maintenant, le paradis de mon enfance, lorsque j'arrivais en gambadant dans la cour glorieuse de ma petite école, avec Maurice, avec Jean, avec Pierre, avec qui je jouais jusqu'à l'épuisement, au ballon chasseur, à la «tag», aux cartes aussi...

Les premiers vers de *Yesterday* me reviennent en mémoire.

«Yesterday, all my troubles seem so far away
Now it seems as though they're here to stay
Oh I believe, in Yesterday...»

Je contemple le vieux mur au pied de l'escalier. Une réminiscence me vient. Je me rappelle des parties de cartes que j'ai jouées contre ce mur. Pas aux cartes comme on dit au bridge: sur ces cartes à jouer ne figuraient aucun valet, aucun roi. Cartes de hockey, de base-ball, de voitures, mais aussi cartes de monstres, qui nous plaisaient tant.

Cartes humoristiques aussi: d'un côté de la carte, une belle blonde aux formes bien rondes, mais vue de dos; de l'autre côté, la décevante vérité, l'œil qui louche, le nez en trompette, la peau affligée d'une acné galopante: précoce leçon de philosophie qui nous enseignait à nous méfier des apparences!

Le jeu, qui se jouait à deux, consistait à lancer les cartes vers un mur, en général en les faisant adroitement glisser au sol. La carte qui se retrouvait la plus proche du mur emportait la décision: le coup suprême, le plus fort, étant ce que nous appelions un coq, lorsque la carte restait dressée contre le mur. Toutes ces cartes que nous pouvions pour la plupart acheter à *La Biscuiterie*, je les accumulais dans une grande boîte, au fil de mes victoires, qui étaient nombreuses, car j'étais appliqué, systématique.

En pensant à ces parties passionnées de mon enfance, à l'intérêt démesuré que je leur portais, je suis gagné par la nostalgie. Cette époque est bel et bien révolue!

C'est fini!

J'ai mal dormi la veille, et j'ai longuement marché dans l'air frais du matin, si bien que tout à coup je me sens fort las.

Je m'assieds au sol, m'adosse contre le vieux mur que je viens de contempler. Il est encore fort tôt et personne ne risque de me surprendre, de trouver suspecte ma présence.

Aussitôt, je m'assoupis.

Combien de temps ai-je dormi?

Je ne sais trop.

Quinze minutes, une demi-heure.

C'est secondaire.

Mais ce qui l'est moins c'est la sensation que j'éprouvai en ouvrant les yeux. Je les posai tout naturellement sur le pan de mur sur lequel j'avais rêvassé quelques minutes plus tôt. J'eus pour ainsi dire une vision. Car ce que je voyais devant moi était magnifique, unique, comme un moment arraché à l'éternité. On aurait dit un tableau, et aucun des chefs-d'œuvre que j'avais pu admirer ne me semblait pouvoir égaler sa mystérieuse beauté.

De quoi était-il composé?

De rien à la vérité.

D'un peu de neige bien entendu car elle n'avait pas eu le temps de fondre totalement depuis la tempête de la veille...

Mais aussi et surtout, de quelques cailloux insignifiants, d'un vieux bout de lacet, de quelques éclats de verre, du vieil asphalte fissuré qui avait accueilli mes jeux enfantins: rien, au fond.

Et pourtant, il y avait tout!

Car il y avait, surprenante, resplendissante, la lumière solaire, qu'il me semblait voir pour la première fois de ma vie, qui faisait de ce petit pan de mur banal, de cet asphalte un véritable chef-d'œuvre.

J'étais sidéré: cette beauté qui m'apparaissait subitement, elle était là un instant avant que j'en aie la brutale révélation. Elle était sans doute là de toute éternité, constamment offerte, et pourtant constamment ignorée, ce qui pourtant ne l'avait pas empêché d'être, comme peut-être l'œuvre sublime mais ignorée d'un génie méprisé par ses contemporains.

Simplement, aveugle, je ne la voyais pas.

Je ne tardai d'ailleurs pas à avoir une seconde révélation. Malgré l'éblouissement que me procurait ce tableau surgi de nulle part, je détournai un instant la tête.

Et alors je me rendis compte que ce tableau était plus vaste en fait que ce que j'avais d'abord imaginé. Il ne se limitait pas à ce petit coin d'asphalte, de ciment et de neige où, enfant, j'avais tant de fois remporté d'héroïques victoires.

Il s'étendait en fait à toute la cour de l'école: la beauté était partout, partout où irradiait la lumière solaire!

Une joie mystérieuse emplissait mon âme de collégien. Pas seulement mon âme du reste, car il semblait que mon corps exultait. Il me semblait que j'étais subitement devenu, par quelque mystérieuse métamorphose, le voyageur aux pieds si légers qu'il peut aller partout!

Pourtant, je n'étais toujours qu'un petit vendeur de souliers qui vivait dans un modeste appartement, que je perdrais d'ailleurs dans quelques mois. Je n'étais qu'un romancier en herbe, qui peut-être échouerait comme tant de mes devanciers dont l'ambition avait été plus grande que le talent. En un mot, je n'avais pas plus d'avenir. Mais je ne m'en souciais plus, mais je n'y pensais même plus: j'étais!

Dans l'extase de mon illumination, que ma déception sentimentale, mes échecs de jeune romancier, et aussi ma pureté avaient peut-être provoquée, je constatais l'erreur que j'avais commise comme tant de grandes personnes. Un jour, sournois et sombre – le plus sombre de ma vie! – sans m'en apercevoir, j'avais cessé d'être cet enfant au cœur de lumière qui arpentait, insouciant, la rue J. J. Joubert, vers ce paradis de mes amis, mousquetaires bien-aimés: Maurice, Pierre, Jean et Raymond, qui m'attendaient tous les matins pour poursuivre avec moi la belle et simple célébration de la Vie.

Dans le mois qui suivit cette expérience singulière qui allait changer ma vie et me confirmer dans ma vocation de romancier, mes extases se prolongèrent, mais ne me détournèrent pas de ma table de travail, car j'occupai presque tout mon temps à mon roman. Maintenant, il me semblait que mes personnages vivaient de cette vie propre qui fait que le lecteur s'y attache, que le livre n'est pas qu'un simple amas de papier et d'encre mais cet hôtel, magnifique et pourtant invisible, où le lecteur est convié au plus important rendez-vous de sa vie: celui avec soi-même.

Mon inspiration était furibonde, en tout cas si je la compare aux tâtonnements souvent stériles de mes efforts antérieurs. Toutes sortes d'idées, de souvenirs, et d'histoires me venaient, je ne sais d'où comme si s'était ouverte en moi une source à laquelle du reste j'allais puiser tous mes livres à venir.

En six semaines j'eus complété mon manuscrit que je m'empressai d'aller porter à Tranquille. Puis, malgré ma certitude intérieure, j'attendis avec anxiété son verdict que, selon son habitude, il ne tarda pas à me rendre: «C'est une réussite!» proclama-t-il, de sa belle voix enthousiaste. «Bravo!»

Il était d'ailleurs si convaincu de son opinion qu'il me proposa de le soumettre lui-même à un éditeur qu'il connaissait bien. J'étais comblé. L'enthousiasme de Tranquille était si considérable que je m'attendais à une réponse fulgurante et rapide. Au bout d'un mois, comme elle ne venait pas, je cessai d'y penser. D'ailleurs après à peine trois jours de repos, j'étais si bouillonnant d'idées que je m'étais attelé à un autre roman.

Au début du mois de juin, en revenant de travailler – toujours comme modeste vendeur de souliers – je trouvai dans ma boîte une lettre. J'eus un serrement au cœur: j'avais reconnu sur l'enveloppe l'écriture de Brigitte. Brigitte que je n'avais revue qu'une seule fois depuis notre triste faux départ: le jour de son déménagement. Par décence pour moi – et aussi peut-être pour ne pas avoir à souffrir de me voir quotidiennement – elle avait cru bon de déménager dans un autre quartier.

Mon cœur palpite.

Pourquoi Brigitte m'écrit-elle, si ce n'est parce qu'elle désire revenir avec moi?

Mais elle était enceinte?

Peut-être a-t-elle décidé de se faire avorter?

Non, c'est impossible...

Mais peut-être a-t-elle fait une fausse couche...?

Ou peut-être son mari l'a-t-il quittée parce qu'elle n'a pas pu résister à la tentation de lui dire la vérité: c'est moi qu'elle aime...?

Je m'empresse d'ouvrir la lettre et d'abord je ne comprends pas. Elle est écrite à la dactylo: je sais bien que Brigitte est secrétaire de profession, mais les mots doux qu'elle m'a parfois écrits, elle les a toujours écrits à la main...

Je comprends bientôt ma méprise: la lettre n'est pas de Brigitte mais d'un éditeur, qui accepte mon roman et souhaite me rencontrer pour établir un contrat. Mais je suis tellement déçu que la missive ne soit pas de Brigitte que cette bonne nouvelle, que cette nouvelle extraordinaire pour un débutant, ne me fait même pas plaisir. La lettre me tombe des mains à la vérité, et d'un seul coup tout le chagrin de ma séparation avec Brigitte me revient, et je me mets à pleurer, comme aux heures les plus noires. Mais mes pleurs bientôt s'apaisent comme s'il y avait en moi une plus grande sagesse depuis mon illumination dans la cour d'école. C'est mon destin de romancier qui s'accomplit: pas de bonheur sans roman, pas de roman sans malheur.

❑ Oui, faites-moi parvenir le catalogue de vos publications et les informations sur vos nouveautés

❑ Non, je ne désire pas recevoir votre catalogue mais seulement les informations sur vos nouveautés

OFFRE SPÉCIALE

OFFRE D'UN CATALOGUE GRATUIT

OFFRE SPÉCIALE

Nom : _____

Profession : _____

Compagnie : _____

Adresse : _____

Ville : _____ Province : _____

Cose postal : _____

Téléphone : (___) _____ Télécopieur : (___) _____

DÉCOUPEZ ET POSTEZ À :

Pour le Canada : Les éditions Un monde différent ltée
3925, Grande-Allée, Saint-Hubert,
Québec, Canada   J4T 2V8
Tél. : (450) 656-2660
Téléc. : (450) 445-9098
Site web : http://www.umd.ca
Courriel : info@umd.ca

SAINT-MICHEL
1 3 JUIN 2001

Ville de Montréal

Feuillet de circulation

	À rendre le
1 2 JUIL '01	1 5 JUIN '02
3 1 JUIL '01	0 3 JUIN '03
2 1 AOU '01	0 8 JUIN '04
1 1 SEP '01	2 0 OCT '04
2 6 SEP '01	
1 9 OCT '01	
1 4 NOV '01	
0 6 DEC '01	
0 3 JAN '02	
2 4 JAN '02	
2 9 JAN '02	
2 6 FEV '02	
1 9 MAR '02	
2 3 AVR '02	

06.03.375-8 (05-93)

RELIURE LEDUC INC.
450-460-2105